गुलज़ार

गुलज़ार एक मशहूर शायर हैं जो फ़िल्में बनाते हैं। गुलज़ार एक अप्रतिम फ़िल्मकार हैं जो कविताएँ, कहानियाँ लिखते हैं।

बिमल राय के सहायक निर्देशक के रूप में शुरू हुए। फ़िल्मों की दुनिया में उनकी कविताई इस तरह चली कि हर कोई गुनगुना उठा। एक 'गुलज़ार-टाइप' बन गया। अनूठे संवाद, अविस्मरणीय पटकथाएँ, आसपास की ज़िन्दगी के लम्हे उठाती मुग्धकारी फ़िल्में। 'परिचय', 'आँधी', 'मौसम, 'किनारा', 'ख़ुशबू', 'नमकीन', 'अंगूर', 'इजाज़त'—हर एक अपने में अलग।

1934 में दीना (अब पाकिस्तान) में जन्मे गुलज़ार ने रिश्ते और राजनीति—दोनों की बराबर परख की। उन्होंने 'माचिस' और 'हू-तू-तू' बनाई, 'सत्या' के लिए लिखा—'गोली मार भेजे में, भेजा शोर करता है...'

कई किताबें लिखीं। 'चौरस रात' और 'रावी पार' में कहानियाँ हैं तो 'गीली मिट्टी' एक उपन्यास। 'कुछ नज़्में', 'साइलेंसेस', 'पुखराज', 'चाँद पुखराज का', 'ऑटम मून', 'त्रिवेणी' वगैरह में कविताएँ हैं। बच्चों के मामले में बेहद गम्भीर। बहुलोकप्रिय गीतों के अलावा ढेरों प्यारी-प्यारी किताबें लिखीं जिनमें कई खंडों वाली 'बोसकी का पंचतंत्र' भी है। 'मेरा कुछ सामान' फ़िल्मी गीतों का पहला संग्रह था, 'छैंया-छैंया' दूसरा। 'खराशें' नाट्य-पुस्तक है, 'मीरा', 'ख़ुशबू', 'आँधी' और अन्य कई फ़िल्मों की पटकथाएँ। 'सनसेट प्वॉइंट', 'विसाल', 'वादा', 'बूढ़े पहाड़ों' पर या 'मरासिम' जैसे अल्बम हैं तो 'फ़िज़ा' और 'फ़िलहाल' भी। यह विकास-यात्रा का नया चरण है।

बाक़ी कामों के साथ-साथ 'मिर्ज़ा ग़ालिब' जैसा प्रामाणिक टी.वी. सीरियल बनाया, कई अलंकरण पाए। सफ़र इसी तरह जारी है। फ़िल्में भी हैं और 'पाजी नज़्मों' का मजमुआ भी आकार ले रहा है। चिट्ठी का पता वही है—बोस्कियाना, पाली हिल, बांद्रा, मुम्बई।

गुलज़ार

लेकिन

मंज़रनामा

राधाकृष्ण पेपरबैक्स

पहला पुस्तकालय संस्करण
राधाकृष्ण प्रकाशन प्राइवेट लिमिटेड द्वारा
2016 में प्रकाशित

राधाकृष्ण पेपरबैक्स में
पहला संस्करण : 2016
दूसरा संस्करण : 2023

राधाकृष्ण पेपरबैक्स : उत्कृष्ट साहित्य के जनसुलभ संस्करण

राधाकृष्ण प्रकाशन प्राइवेट लिमिटेड
जी-17, जगतपुरी, दिल्ली-110 051
द्वारा प्रकाशित

शाखाएँ : अशोक राजपथ, साइंस कॉलेज के सामने, पटना-800 006
पहली मंजिल, दरबारी बिल्डिंग, महात्मा गांधी मार्ग, प्रयागराज-211 001
1, अनमोल सोराबजी संतुक लेन, धोबी तलाव, मरीन लाइंस, मुम्बई-400 002
वेबसाइट : www.radhakrishnaprakashan.com
ई-मेल : info@radhakrishnaprakashan.com

बी.के. ऑफसेट
नवीन शाहदरा, दिल्ली-110 032
द्वारा मुद्रित

मूल्य : ₹199

LEKIN
by Gulzar

ISBN : 978-81-8361-815-1

दीबाचा

जो नज़र आता है, उसे मंज़र कहते हैं और मनाज़िर में कही गई कहानी का नाम मंज़रनामा है। अंग्रेज़ी में इसके लिए दो अल्फ़ाज इस्तेमाल होते हैं। एक स्क्रीनप्ले है, दूसरा सिनेरिओ (Scenario)। दोनों तक़रीबन एक-से हैं लेकिन स्क्रीनप्ले में 'डिज़ॉल्व' और 'कट' और दूसरी तकनीकी हिदायतें भी लिख दी जाती हैं, जो डायरेक्टर की मदद करती हैं। इसमें 'सेट' यानी 'महल वक़ू' और मंज़र का वक़्त भी दर्ज किया जाता है। (यानी मंज़रनामा सुबह, शाम, रात या दोपहर, किस वक़्त का है) ये तफ़सीलात डायरेक्टर के लिए तभी ज़रूरी होती हैं, जब वह स्क्रीनप्ले को फ़िल्माता है, वरना ये तकनीकी हिदायतें पढ़ने में रुकावट पैदा करती हैं। इसलिए आम कारी के पढ़ने के लिए सिनेरिओ ही ज़्यादा मौजूँ है, ताकि वह उसे एक नॉवल की सूरत बिना किसी रुकावट के पढ़ सके। इसी का नाम मंज़रनामा है।

अदब में मंज़रनामा एक मुकम्मिल फ़ॉर्म भी है, जिसकी पहली मिसाल जो मेरी नज़र में गुज़री, वह डी. सैका का मंज़रनामा 'अमरीका अमरीका' था। इस डायरेक्टर ने वह मंज़रनामा पहले लिखा, शाया किया और बाद में इस पर फ़िल्म बनाई। अदब में बहुत-से मुसन्निफ़ हैं जो अपने नॉवल भी तक़रीबन मंज़रनामे की शक्ल में लिखते हैं। शरच्चन्द्र के बेशतर नॉवल इस फ़ॉर्म के बहुत क़रीब हैं।

ये मंज़रनामे पेश करने का एक मक़सद कारी को इस फ़ॉर्म से मुतारिफ़ करना भी है और दूसरे यह कि टी.वी. और सिनेमा से दिलचस्पी रखनेवाले शायक़ीन यह देख सकें कि नॉवल को किस तरह मंज़रनामे की शक्ल दी जाती है। मेरे लिए ये एतराफ़ करना ज़रूरी है कि मैं मंज़रकशी पर किसी महारत का दावेदार नहीं—कोई दूसरा

डायरेक्टर या मुसन्निफ़, हो सकता है, मुझसे बेहतर मंज़रनामा तख़लीक़ कर ले!

मंज़रनामा का अन्दाज़े-बयान अमूमन ओरिजिनल कहानी से अलग हो जाता है इसलिए वह अस्ल कहानी या नॉवल या सवानेह उमरी का Interpretation बन जाता है, जिसकी मिसाल चन्द मशहूर फिल्मों से दी जा सकती है, जैसे–'अनारकली' और 'मुग़लेआज़म' एक ही ड्रामे को माखूज़ किए गए हैं। 'देवदास' जितनी बार बनी, और कई ज़बानों में बनी, उसका मंज़रनामा बदलता रहा। टी.वी. की आमद से मंज़रनामों की ज़रूरत में बहुत इज़ाफ़ा हो गया है। छोटे-छोटे अफ़सानों के मंज़रनामे भी लिखे जाने लगे हैं। अहमद नदीम कासमी, राजिन्दर सिंह बेदी, भीष्म साहनी, मुंशी प्रेमचन्द और दूसरे बेशुमार अदीबों के अफ़सानों पर काम हो रहा है। बहुत-से सीरियल सीधे मंज़रनामों में लिखे जाते हैं। टी.वी. की फ़िल्मों के लिए चूँकि वक़्त की पाबन्दी (तवालत, Duration) का लिहाज़ रखना पड़ता है, इसलिए मंज़रनामों के लिए अक्सर अदब से लिये गए मशहूर अफ़सानों को कभी मुख़्तसर करना पड़ता है, कभी फैलाव देना पड़ता है।

मुझे उम्मीद है कि मेरी यह कोशिश दूसरों के लिए कारआमद साबित होगी और दूसरों के तजुर्बों से मुझे फ़ायदा होगा–कोई नई राह खुलेगी, कोई नई बात पैदा होगी।

लेकिन

[1]

समीर कमरे में बैठा एक बहुत पुराने क़िस्म के ताले को खोलने की कोशिश कर रहा था। सामने बड़ी-सी खिड़की से आती हुई ख़ुशनुमा हवा उसके बालों से खेल रही थी।

उसी वक़्त घर की नौकरानी एक ट्रे में बिस्कुट और चाय लेकर आई और पास की टेबल पर रख दी। अचानक ताला खुल गया। समीर के मुँह से निकला :

''ओह...खुल गया! दो हफ़्ते हो गए इससे भिड़ते...!''

''मगर साहब, ये ताला लगाना कहाँ है?''

''यूँ ही शौक़िया लाया हूँ, इसे रखेंगे।''

''रखेंगे कहाँ?''

''तू भी बड़ी झिल्ली है...रखेंगे कहाँ? यहीं कहीं रखेंगे, घर में।''

केथरन पुराने ताले को ध्यान से देखने लगी। समीर ने कहा :

''पता है, कितना पुराना है ये? कम-से-कम दो सौ साल...हूँ।''

केथरन ने हाथ के इशारे से कहा :

''पर नया तो, कितना अच्छा आता है! गोदरेज का बीस रुपए में आता है, इतना बड़ा।''

समीर बोला :

''ये साढ़े तीन सौ में लिया है मैंने। फिर भी सस्ता मिला है।''

केथरन ये सुनकर चुप हो गई। समीर ने मज़ाक़ किया :

''क्या हुआ? तेरे एक महीने की पगार है न? हाँ, जिस महीने पगार नहीं दूँगा, उस महीने ये ताला दे दूँगा।''

ये सुनकर केथरन हँस पड़ी और वहाँ से उठकर किचन की तरफ़ चल दी, तभी पास रखा एक पुराने वज़ये का फ़ोन बजने लगा। समीर का घर पुरानी एंटीक चीज़ों से भरा पड़ा था। जो फ़ोन बज रहा था, वो भी बहुत पुराना, पीतल का टूपीस का था। समीर फ़ोन पर बात करने लगा :

''हैलो...हाँ जी, डॉक्टर सेन। नहीं-नहीं, कहीं नहीं और कुछ नहीं। साढ़े दस बजे, आई विल बी दैर, ओके।''

[2]

समीर डॉक्टर सेन से मिलने उनके ऑफ़िस पहुँचा। कॉरिडोर में ही डॉ. सेन मिल गए।

''गुड मॉर्निंग डॉ. सेन!''

डॉ. सेन फ़ौरन ही मुद्दे पर आ गए।

''गुड मॉर्निंग। समीर, एक क़िला था, क़िले के अन्दर महल था और महल में ठाकुरों का ख़ानदान रहता था।''

''कहाँ?''

''जासोड़ में।''

''जासोड़, हाँ...जो...''

''बहरहाल, क़रीब तीन-चार सौ साल से ही ये रजवाड़ा उन्हीं के तहत था।''

''सौ साल का फ़र्क़, कोई ख़ास फ़र्क़ नहीं लगता आपको?''

''देखो, हिस्टरी में एक सदी तो पन्ना पलटते निकल जाती है।''

''एग्रीड।''

दोनों कॉरिडोर में आगे चलने लगे, दीवारों पर पुरानी पेंटिंग सजी हुई थी।

''हाँ, तो हम रियासत जासोड़ में थे।''

''ज़माना अंग्रेज़ों का, 19वीं सदी...?''

''नहीं-नहीं, पास ही की बात है, 20वीं सदी की। यह कोई बहुत बड़ी रियासत नहीं थी, एक छोटी-सी जागीर थी। कुछ महल थे, कुछ गाँव, आस-पास के रेगिस्तान से बिल्कुल लगे हुए। ठाकुर अमरसिंह, एक तरह से यहाँ के आख़िरी

राजा थे। अंग्रेज़ों ने बड़ी इज़्ज़त दी उन्हें और इंग्लैंड ले गए। अमरसिंह ने एक मेम से शादी कर ली और वहीं बस गए, और जागीर उनके छोटे भाई प्रमसिंह ने सँभाल ली। यूँ कहो कि हथिया ली। प्रमसिंह ज़रा शौक़ीन क़िस्म का आदमी था। जागीर लुटने में ज़्यादा वक़्त नहीं लगा। इतने में अंग्रेज़ भी चले गए और आज़ादी आ गई। प्रमसिंह होश में आ ही रहे थे कि सरदार पटेल ने 1948 में रियासतों का सफ़ाया कर दिया। कुछ और कुछ ग़ैरक़ानूनी जागीरें गवर्नमेंट ने ज़ब्त कर लीं, प्रमसिंघ अचानक लापता हो गए। कुछ का कहना है कि ज़ालिम था, किसी के हाथों मारा गया। कुछ कहते हैं, बची-खुची दौलत लेकर लापता हो गया।

समीर और डॉ. सेन ऑफ़िस पहुँच गए। डॉ. सेन अपनी कुर्सी पर जा बैठे। सामने की कुर्सी पर समीर बैठ गया। डॉ. सेन ने बात जारी रखी :

"बहरहाल उसका ज़ाती महल और कुछ दूसरी जगहें सील कर दी गईं। उनकी देखरेख उस इलाक़े के कलेक्टर को सौंप दी गई। मेरा ख़याल है, इस बार फ़ाइनली वो जगह खुलवाई जाए। वहाँ की बची-खुची चीज़ों की फ़ेहरिस्त तैयार की जाए। म्यूज़ियम के क़ाबिल चीज़ें म्यूज़ियम भिजवाई जाएँ और बाक़ी चीज़ों का क्या किया जाए! इनक्लुडिंग दि इमारत, इसकी रिपोर्ट आप तैयार करेंगे। वो रहा आपका असाइनमेंट लेटर, इसपे दस्तख़त कीजिए और जाइए।"

काग़ज़ात को देखकर समीर ने कहा :

"अरे...सब कुछ तैयार है। जाना कब है?"
"आज रात को।"
"जी।"

डॉ. सेन हँसकर बोले :

"चलो, कल चले जाना। ये लो, तुम्हारी बुकिंग। तुम्हारे टिकट फ़र्स्ट क्लास के।"
"सेन साहब, अगर आप जैसे ऑफ़िसर सबको मिल जाएँ तो..."
"तो?"
"तो ये गवर्नमेंट चलने लगेगी।"

[3]

एक ट्रेन, रात के अँधेरे को चीरती हुई, तेज़ी से चली जा रही थी। उसी ट्रेन के एक, फ़र्स्ट क्लास के कम्पार्टमेंट में समीर कुर्ते-पाजामे में बैठा, हाथ के नाख़ून नेलकटर से काट रहा था। पास ही, एक दूसरा मुसाफ़िर खड़ा शीशे में अपनी दाढ़ी सँवार रहा था और बता रहा था समीर को।

"ये जासोड़, बड़ा पिछड़ा हुआ इलाक़ा है। कोई हिस्टोरिकल अहमियत नहीं है वहाँ की। और उस पार के रेगिस्तान तो पूछिए मत, बगूले भूतों की तरह उड़ा करते हैं। कब, किस वक़्त, किसको रेत में लेकर डूब जाएँ, कुछ पता नहीं चलता!"
"यू मीन सिंकिंग सैंड?"

मुसाफ़िर ने घूमकर समीर को नाख़ून काटते देखा तो कहा :

"ये रात के वक़्त नाख़ून नहीं काटा करते।"
"क्यों, क्या होता है उससे?"
"बस, यूँ ही बड़े कहते हैं, रात को बाल काटो तो भूत पकड़ता है और नाख़ून काटो तो चुड़ैल पकड़ती है।"
"दोनों में फ़र्क़ क्या है?"

ये सुनकर वो मुसाफ़िर कुछ सोचते हुए अपनी सीट पर बैठा और कहा :

"अब फ़र्क़ मेल-फ़िमेल का तो है ही!"
"हाँ, तो आप रेगिस्तान के बारे में कुछ कह रहे थे?"

मुसाफ़िर ने फिर बताना शुरू किया :

"मैं कह रहा था, बड़ा लम्बा-चौड़ा रेगिस्तान है। कब कहाँ, किस वक़्त आँधी चल जाए, पता नहीं चलता। पार जानेवाले दो-दो सौ मील तक का चक्कर काटकर जाते हैं। ख़ैर! अब तो, फिर भी काफ़ी दूर तक सड़कें बनवा दी हैं सरकार ने, वरना पहले तो ऊँट के अलावा..."

मुसाफ़िर ने खिड़की से बाहर देखा फिर कहा :

"ये गाड़ी क्यों आहिस्ता हो गई?"

तभी गाड़ी किसी स्टेशन पर दाख़िल हुई। मुसाफ़िर ने कहा :

"लो जी, हमारा तो स्टेशन भी आ गया और आपकी बातों में पता ही नहीं चला!"
"मैंने तो अब तक कोई बात ही नहीं की।"

मुसाफ़िर ने अपना सामान उठाया और कम्पार्टमेंट से बाहर जाने लगा। समीर भी डिब्बे के दरवाज़े पर आकर खड़ा हो गया। मुसाफ़िर ने आसमान की तरफ़ देखा और ज़मीन की नमी को भाँपा और कहा :

''लगता है, बारिश हुई है। राजस्थान में बड़ी नायाब चीज़ है।''

''घर कैसे जाएँगे आप?''

''बाहर ऊँट-गाड़ी मिल जाएगी। अच्छा, गुडलक!''

मुसाफ़िर ने समीर से हाथ मिलाया और चल दिया। समीर ने कम्पार्टमेंट के दरवाज़े पर खड़े-खड़े अँगड़ाई लेते हुए आसमान की तरफ़ देखा, तभी इंजन ने चलने के लिए विसल बजाई। समीर कम्पार्टमेंट के अन्दर आ गया, ट्रेन धीरे-धीरे चल दी। समीर डिब्बे में अन्दर सीट पर जा बैठा। पास पड़े नॉवल को पढ़ने लगा। अचानक उसकी नज़र दरवाज़े की खिड़की पर पड़ी। एक लड़की राजस्थानी कपड़ों में एकटक बिना पलक झपकाए देख रही थी। गाड़ी धीरे-धीरे तेज़ होने लगी। समीर उस ख़ूबसूरत लड़की को देखता रहा। फिर उठा और लड़की को अन्दर आने के लिए कहा :

''आ जाओ...अन्दर आ जाओ। क्या हुआ, डिब्बा छूट गया न? कोई बात नहीं...बैठो, बैठ जाओ।''

चटखनी लगाकर समीर अपनी सीट पर जा बैठा और देखता रहा उस लड़की को, जो

अभी तक हाथ में पोटली लिये दरवाज़े के पास खड़ी थी और उसे एकटक देखे जा रही थी। समीर ने फिर कहा :

"बैठ जाओ।"

वो लड़की वहीं ज़मीन पर अपनी पोटली लेकर बैठ गई। लड़की के चेहरे पर घबराहट थी, जिसको देखकर समीर ने कहा :

"रिलैक्स...मेरा मतलब है...घबराओ मत, डरो नहीं। यहाँ ऊपर बैठ जाओ, आराम से।"

वो लड़की अभी भी समीर को एकटक देखे जा रही थी। समीर ने फिर कहा :

"अगले स्टेशन पर उतरकर अपने डिब्बे में चली जाना।"

वो लड़की ख़ामोश ही रही। बरसात में वो थोड़ा भीग चुकी थी। समीर ने उससे फिर कहा :

"सुनो...हाथ-मुँह पोंछ लो, भीग गई हो...वो सामने टॉयलेट है। वो क्या कहते हैं–गुसलख़ाना, चाहो तो अन्दर चली जाओ।"

यह सुनकर लड़की ने अपने बालों को छुआ, लेकिन कुछ बोली नहीं, बस, समीर को देखे ही जा रही थी। इस तरह उसे देखते हुए समीर की समझ में कुछ नहीं आया, पास पड़े चाय के ख़ाली कप को देखने लगा, जो कटकटा रहा था। उसे ठीक किया। फिर वहीं पास पड़ी हुई किताब को लेकर लेट गया। पढ़ने की कोशिश करने लगा। ट्रेन

अपनी रफ़्तार से चली जा रही थी। समीर को झपकी आ गई। कुछ देर बाद ट्रेन किसी और स्टेशन पर रुकी। चाय बेचनेवाले आवाज़ लगा रहे थे। समीर की आँखें खुलीं तो देखा कि लड़की डिब्बे में नहीं थी। बाथरूम का दरवाज़ा पहले की तरह खुला हुआ था। दरवाज़े की चटखनी अन्दर से बन्द थी। समीर खड़ा हुआ। इधर-उधर देखा और जाकर दरवाज़े की चटखनी जो अन्दर से बन्द थी, उसे खोलकर प्लेटफ़ॉर्म पर उसे खोजने लगा। तभी गाड़ी चल पड़ी। समीर दरवाज़े पर खड़ा प्लेटफ़ॉर्म को देखता रहा। जब गाड़ी चली तो समीर ने देखा कि जहाँ स्टेशन का नाम 'पुनिया' लिखा हुआ था, उसी के नीचे, वो लड़की खड़ी टकटकी लगाए समीर को देख रही थी। समीर भी उसे देखने लगा। देखते-देखते लड़की पीछे छूट गई। ट्रेन तेज़ी से आगे का सफ़र तय करने लगी।

[4]

सुबह के वक़्त ट्रेन एक छोटे-से स्टेशन पर रुकी। कुछ मुसाफ़िर चढ़ रहे थे, कुछ उतर रहे थे। समीर भी अपना सामान लेकर प्लेटफ़ॉर्म पर उतरा। इधर-उधर देख ही रहा था कि एक आदमी अच्छे कपड़ों में (मलबूस) समीर के सामने आकर खड़ा हुआ।

''रहने दीजिए हुकुम, सामान कुली उठा लेगा।''

"तू...अबे तू, शफ़ी?...अबे, तू यहाँ क्या कर रहा है?"

समीर ने अपने दोस्त शफ़ी को पहचान लिया। दोनों कॉलेज के ज़माने के दोस्त थे। इसलिए दोनों की बातचीत से अन्दाज़ा लग सकता था।

"मैं...यहाँ कुली की नौकरी करता हूँ। दो वक़्त की रोटी मिल जाती है।"

"बकवास मत कर, तेरी अभी तक ये आदत नहीं गई। ये बता, तू यहाँ रेगिस्तान में क्या कर रहा है?"

"देख दोस्त, ईमानदारी से काम किया जाए न, तो सरकार तरक़्क़ी दे देती है। सीधा कुली से कलेक्टर बना दिया, यार, मुझे।"

"तू...यहाँ का कलेक्टर है?"

"हाँ, बन्दानवाज़!"

"खिंचाई मत कर, उसका नाम तो...क्या है उसका नाम?"

और जेब से एक काग़ज़ निकालकर देखा।

"एस. ए. सिद्दीक़ी..."

शफ़ी ने समझाया :

"शफ़ी अहमद सिद्दीक़ी, बड़े 'क़ाफ़' से।"

"ओह माई गॉड! शफ़ी अहमद सिद्दीक़ी, अबे शफ़ी ससुरे, तू सिद्दीक़ी कब से बन गया?"

"सिद्दीक़ी मेरे बाप का नाम भी था यार!"

"शारदा कहाँ है?"

ये सुनकर शफ़ी एक पल में उदास हुआ। एक अर्दली ने सामान उठा लिया। स्टेशन की

तरफ़ दोनों चलने लगे और शफ़ी अपनी बीवी शारदा के बारे में बताने लगा :

"कुछ मत पूछो दोस्त!"
"क्या हुआ?"
"दो-तीन साल से बिस्तर में पड़ी है।"
"हुआ क्या?"
"लोग तो तपेदिक़ कहते हैं, मुझे लगता है, कैंसर है।"
"क्या बात कर रहा है? किसी को दिखाया तूने?"
"किसको दिखाऊँ! उस क़ाबिल ही नहीं रही। बस, आठ-दस दिन और ज़िन्दा रहेगी। बस, वो भी अल्लाह का करम होगा, अगर आठ-दस दिन ज़िन्दा रह गई तो..."

सामने से शारदा आ रही थी। शफ़ी ज़ोरों से हँसने लगा और अपनी बीवी के पास भाग गया। इन दोनों का आपसी मज़ाक़ देखकर वो भी हँसने लगी। समीर ने भी शारदा को देखा और शफ़ी को मारने आगे बढ़ा।

"साले, कमीने!"

शारदा ने उसे रोकते हुए कहा :

"बस-बस, आते ही शुरू हो गए!"
"पता है, क्या कहा इसने?"

शारदा उनके मज़ाक़ जानती थी।

"हाँ, क्या कहा होगा, वो मर गई, या मर जाने वाली हूँ!"

''नहीं-नहीं, मैंने ये नहीं कहा था कि वो मर गई, मैंने तो आठ-दस दिन की मोहलत दी थी।''

ये कहते हुए शफ़ी, शारदा और समीर स्टेशन के बाहर निकल आए।

[5]

तीनों लोग जीप में बैठे रेगिस्तान के ऊबड़-खाबड़ रास्तों से होते हुए शफ़ी के घर की तरफ़ चल दिए। बहुत दिनों के बाद शफ़ी और समीर मिले थे, इसलिए उनमें अभी भी मज़ाक़ चल रहा था, जिसे सुन-सुनकर बीच-बीच में शारदा हँस पड़ती थी। समीर ने शफ़ी से पूछा :

''ये महल से सर्किट हाउस कितनी दूर है?''

''तुम्हें सर्किट हाउस से क्या लेना-देना? तुम रहोगे मेरे साथ।''

''मुझे बोर नहीं होना।''

''बोर! तुम मेरी बीवी से बोर हो जाओगे? शारदा, सुना तुमने, क्या कहा इसने?''

''मेरे बारे में नहीं कह रहे हैं, आपके बारे में कह रहे हैं।''

''अच्छा!''

''आपके साथ रह चुके हैं हॉस्टल में।''

समीर ने बताया :

''रात को पीके 'प्लेन चिट' क्या करता था और सुबह मुझसे मालिश करवाया करता था।''

‘‘अब वो मालिश के दिन ख़त्म हो गए। अब जूते पॉलिश करवाऊँगा।’’

शारदा बोल पड़ी :

‘‘समीर से?’’

‘‘और क्या, दो वक़्त का खाना जो दे रहा हूँ इसको!’’

समीर ने फिर पूछा :

‘‘अच्छा ये बता, तेरा घर महल से कितनी दूर है?’’

‘‘मेरा घर, समझ ले, तीस-चालीस मील है। सुबह जाना, शाम को वापस आना।’’

‘‘और सर्किट हाउस?’’

‘‘अबे, ये सर्किट हाउस कोई राष्ट्रपति भवन नहीं है! एक टुच्ची-सी जगह है यार!’’

‘‘मैं वहीं महल में क्यों नहीं रह सकता?’’

‘‘अबे, मेरे घर रहने में तुझे साँप सूँघ जाता है। मैंने कह दिया न। और वहाँ प्रमसिंघ नहीं बैठा हुआ है, जो तुझे मुजरा दिखाएगा। हाँ, मुजरा देखना है तो शफ़्फ़ू बेगम का ठुमका देख लेना।’’

शफ़ी ने अपनी तरफ़ इशारा करते हुए मज़ाक़ किया।

[6]

शफ़ी और समीर उस महल के अन्दर पहुँचे जो बरसों से बन्द था। उनके साथ पॉलिस ऑफ़िसर और उसका चौकीदार भी था। एक गन्दी-सी बदबू चारों तरफ़ फैली हुई

थी। शफ़ी ने अपनी नाक पे रूमाल रखा हुआ था। हॉल के बीचो-बीच एक बड़ा-सा फ़ानूस लटक रहा था, जो जालों से भरा हुआ था। हॉल के बीच से ही एक सीढ़ी महल के दूसरे कमरों में गई थी। समीर ध्यान से इस बड़े हॉल को देख रहा था, जैसे कुछ इस खँडहर में खोज रहा था! इधर-उधर देखते हुए समीर ने कहा :

"बाहर कम्पैरेटिवली साफ़ है।"
"ख़ाक साफ़ है..."

शफ़ी ने समीर को कुछ सूँघते देखकर पूछा :

"क्या सूँघ रहा है?"
"वक़्त सूँघ रहा हूँ।"
"अच्छा!"

समीर ने मुड़ के चौकीदार से पूछा :

"कितने साल बाद खुला है ये महल?"
"कोई चालीस-पचास साल बाद।"
"लगता नहीं है।"

शफ़ी ने पूछा :

"क्यों?"
"कुछ नहीं।"
"क्यों, ज़्यादा लगता है?"

समीर ने कुछ सोचते हुए कहा :

"लिव्ड इन लगता है...लगता है, कोई रहता है यहाँ!"

शफ़ी ने तमाम फ़र्श पर परिन्दों की बीट दिखाई और कहा :

''हाँ-हाँ...ये जो पंख-पखेरू हैं न यहाँ, वो नज़र नहीं आते, लेकिन उनकी बनाई हुई रंगोलियाँ ज़मीन में नज़र आती हैं। हा-हा... लिव्ड इन!''

समीर टहलता हुआ आगे बढ़ गया। इतने में उसे शफ़ी की आवाज़ सुनाई दी। जैसे शफ़ी किसी औरत से बात कर रहा है।

''अजी, आप क्या कर रही हैं यहाँ?''

''शफ़ी, कौन है?...किससे बातें कर रहे हो?''

समीर ने तेज़ी से मुड़कर देखा तो शफ़ी एक बिल्ली के बच्चे से बात कर रहा था।

''जी, मैंने कहा, आप यहाँ कहाँ घूम रही हैं, आपके मम्मी-डैडी भी तो साथ नहीं हैं! कुछ ख़याल है कि ज़माना कितना बुरा है...किसी अकेली बिल्ली का यहाँ बाहर निकलना कितना ख़तरनाक है!''

''शफ़ी!''

''हाँ?''

''तुम बिल्लियों से भी फ़्लर्ट करने से बाज़ नहीं आते!''

''मैं तो बात कर रहा था इससे यार! अपनी भाभी से मत कह देना।''

समीर ऊपर के एक कमरे में पहुँचा। कमरे में रखी हुई चीज़ों को देखते-देखते उसकी नज़र दीवार पर लटकी हुई एक पुरानी तस्वीर पर पड़ी।

''इज़ दिस दी डीबोच ऑफ़ दी डायनेस्टी!''

''मैं?''
''तुम नहीं, वो...ये हैं महाराजा प्रमसिंघ!''

चौकीदार ने कहा :

''नहीं, ये प्रमसिंघ की तस्वीर नहीं है, ये उनके बड़े भाई हैं जो इंग्लैंड चले गए थे।''
''तुम्हें कैसे पता?''
''मैंने प्रमसिंघ की तस्वीर देखी है।''
''कहाँ...कहाँ देखी है?''
''वो नारायण फ़ोटोग्राफ़र है न, उसके यहाँ।''

समीर, शफ़ी और चौकीदार बात ही कर रहे थे कि उन्हें घुँघरू के बजने की आवाज़ बाहर से सुनाई दी। समीर और शफ़ी ने भागते हुए महल की बॉलकनी से देखा तो पुलिस ऑफ़िसर अपने हाथों में घुँघरू लिये हुए सीढ़ियों की तरफ़ आ रहा था। डी.एस.पी. ने कहा :

''वो जी वो ये पड़ा हुआ था यहाँ पे, शायद कोई नाचघर रहा होगा यहाँ पे!''

शफ़ी ने मज़ाक़ किया :

''हम तो समझे थे कि आजकल वर्दी के साथ साथ घुँघरू भी देते हैं पहनने के लिए!''

चौकीदार ने एक और दरवाज़ा खोला।

''हुकुम, इधर से आइए, टेरेस पे चलते हैं।''
''आओ समीर।''

महल की छत पर समीर, शफ़ी, चौकीदार और डी.एस.पी साथ पहुँचे। छज्जा कुछ

कमज़ोर था। समीर ने शफ़ी का मोटापा देखकर मज़ाक़ से कहा :

"आँ...हिज़...हैवंस, आप यहीं रहिए, इससे आपका वज़न बर्दाश्त नहीं होगा।"

समीर ने छज्जे से नीचे देखा, महल के पास के मैदान में बनजारों का डेरा लगा हुआ था, जिसे देखकर शफ़ी ने कहा :

"ये...ये बनजारे हैं...जिप्सीज़!"

"ये...ये...यहीं रहते हैं?...पर्मानेंटली।"

"पर्मानेंट कोई चीज़ है बनजारों की?...यूँ समझ लो, कभी-कभी महीनों टिक जाते हैं यहाँ पर।"

महल की छत पर चलते हुए चारों लोग छत के दूसरे किनारे पहुँचे। डी.एस.पी बोले :

"अजी, चैन से पड़े हुए हैं, इसलिए हम कुछ नहीं कहते। हाँ, कभी-कभी रस्म पूरी करने के लिए एक-दो बार धमकी दे आते हैं। कहीं ये न समझ बैठें कि पुलिस का महकमा ही उठ गया है!"

समीर ने कहा :

"पर अब तो ख़ाली कराना पड़ेगा, डी.एस.पी साहब!"

"करा देंगे जी।"

"कब तक?"

"आप बोलो तो, दो घंटे में!"

"नहीं-नहीं, ऐसी कोई जल्दी नहीं है, दो-एक दिन में, कहिए, साफ़ कर दें।"

"हो जाएगा हुज़ूर!"

[7]

महल के पिछवाड़े में बनजारों को पुलिस वाले भगा रहे थे। तभी एक हवलदार एक लड़के को डाँट रहा था :

"ऐ! जल्दी कर, जल्दी!"

"कर रहा हूँ न..."

बनजारे लड़के ने हवलदार का डंडा छीन लिया। हवलदार अपना डंडा माँगने लगा।

"दे, डंडा दे, डंडा दे।"

लड़के ने अपने हाथों के कमाल से डंडे को एक गिल्ली के बराबर बना दिया। हवलदार ये देखकर घबरा गया, और हैरानी से बनजारे लड़के को देखने लगा।

"ज़्यादा तंग करेगा, तो मुंडी ग़ायब कर दूँगा तेरी! ले अपनी गिल्ली।"

हवलदार उस छोटी-सी गिल्लीनुमा डंडी को देखने लगा। बाक़ी पुलिस वाले बनजारों को उठवा रहे थे। सब अपना सामान बाँध के अपने ख़ेमों को उखाड़ रहे थे। बकरियों को हँकाल रहे थे।

[8]

महल के दूसरे एक हिस्से में समीर और चौकीदार जा रहे थे। और घूम-घूमकर सब कुछ देख रहे थे। चौकीदार का नाम लोचन था। वो समीर को बता रहा था :

''ख़ासतौर पर फ़ौज के लिए या कोई क़ैदी-वैदी रखना हो तो उसके लिए महाराजा इस्तेमाल किया करते थे ये क़िला। एक छोटा हिस्सा महाराज के रहने का भी है मगर...''

''जंग में यहाँ आकर रहते होंगे?''

''जंग-वंग तो कोई ख़ास हुई नहीं, और यहाँ मेरा ख़याल है, महाराज रहे भी नहीं।''

''हाँ, रहते तो बिजली का इन्तज़ाम हो गया होता। किसी दिन अन्दर से पूरा क़िला देखेंगे।''

''जी, हुकुम!''

[9]

दूसरे दिन, सुबह-सुबह समीर अपनी जीप से महल की तरफ़ जा रहा था। जब उसे महल के बरामदे से धुआँ उठता हुआ नज़र आया, समीर जीप खड़ी करके महल के बरामदे की तरफ़ गया। एक औरत महल के बरामदे में मिट्टी के बने चूल्हे पे रोटी पका रही थी। समीर बरामदे में खड़ा होकर उस औरत को देखने लगा। औरत ने मुड़कर समीर को देखा। समीर हैरान रह गया।

''अरे! तुम? तुम्हें देखा है पहले।''

समीर पहचान गया। ये वही लड़की थी जो ट्रेन में मिली थी...और फिर ग़ायब हो गई थी। फिर 'पुनिया' स्टेशन के साइनबोर्ड के नीचे खड़े हुए देखा था। उसके बाद आज समीर को नज़र आई। समीर के कहने से

भी उस लड़की पर किसी तरह का बदलाव नहीं आया :

''ट्रेन में मिली थी न? यहाँ क्या कर रही हो?''

पहली बार लड़की ने कहा :

''बा...बाजरी बना रही हूँ।''

लड़की कुछ डरी हुई थी।

''मना है...जानती हो? वो देखो, दीवार कैसी काली हो गई है!''

लड़की ये सुनकर और डर गई।

''आज ही निकाला था सबको...तुम क्यों नहीं गईं?''

''चली जाऊँगी।''

''पर सबके साथ क्यों नहीं गईं? तुम्हारे क़बीलेवाले तो चले गए सब!''

लड़की चुप रही, कुछ बोली नहीं।

''अकेली हो?''

लड़की ने 'हाँ' में सिर हिलाया। रोटी सेंकते हुए समीर से पूछा :

''बाजरी खाओगे?''

समीर चुप रहा। लड़की ने फिर पूछा :

''थोड़ी-सी...गुड़ के साथ?''

उसकी मासूमियत से समीर का लहज़ा पिघल गया।

''हूँ...थोड़ी-सी चख के देखूँगा।''

समीर बरामदे से होते हुए महल के अन्दर पहुँचा। दरवाज़ा खुला हुआ था। दरबार-हॉल देखने लगा।

[10]

इधर-उधर देख रहा था जब लड़की हाथ में आधी बाजरे की रोटी और उस पर गुड़ रखकर ले आई। रोटी अख़बार के एक टुकड़े पर रखी थी। वह समीर को दिया। समीर लेकर खाने लगा। लड़की ने पूछा :

''आप यहाँ क्या करते हो, महल में?''
''मैं...यहाँ की चीज़ों का चार्ज लेने आया हूँ।''
''क्या करोगे उनका?''
''उन्हें भेज दूँगा, जहाँ-जहाँ भेजना है।''
''और लोगों को?''
''किन लोगों को?''
''जो यहाँ रहते हैं?''
''तुम्हारे सिवा तो कोई नहीं है यहाँ...तुम्हें तुम्हारे घर भेज देंगे।''

ये सुनकर लड़की के चेहरे पर पहली बार मुस्कान दिखाई दी। समीर ने फिर पूछा :

''कहाँ है तुम्हारा घर?''

दुखी मन से लड़की ने कहा :

''घर नहीं है...मैं यहाँ...''

लड़की कुछ कहती कि समीर बोल पड़ा :

"अरे, हाँ, बनजारों का तो कोई घर नहीं होता! बस, चलते ही रहते हैं।"

रोटी खाते हुए ये कहकर समीर आगे बढ़ा। लड़की ने पूछा :

"महल वाले कहाँ गए सब?"

समीर ने आहिस्ता से जवाब दिया :

"इतिहास में चले गए।"
"सब?"
"हाँ! सब-के-सब...अब तक कहाँ कोई बचा होगा!"

समीर ने गुड़-रोटी खा लिया और अख़बार के टुकड़े से हाथों को पोंछकर पास में फेंक दिया। जेब से रूमाल निकालकर समीर हाथ को ठीक से पोंछने लगा। लड़की ने फिर पूछा :

"और साज़, साज़िन्दे? वो सब कहाँ गए?"
"साज़ पड़े हैं, साज़िन्दे ख़त्म...सब मर-खप चुके।"

लड़की खड़ी चुपचाप सुनती रही।

"जब महफ़िल ही उठ गई तो..."

लड़की बीच में बोल पड़ी :

"नौकर, चाकर, फ़रियादी, जल्लाद–सब चले गए?"

समीर ने लड़की की तरफ़ देखा जो दुखी मन से सब कुछ कहे जा रही थी।

"अब कोई कोड़े नहीं लगाता यहाँ? कोई सज़ा नहीं देता?"

समीर ने घबरा के पूछा :

"कौन कोड़े लगाता था?"
"वो देखो न..."
फ़्लैश–

एक मंज़र समीर की आँखों में कौंध गया। कोई सिपाही किसी क़ैदी को बाँधकर घसीटते हुए ले जा रहा था।

"और वो ज़ंजीरें दीवार पर...उनसे बाँध के कोड़े लगाए जाते थे।"

जैसे-जैसे लड़की बता रही थी, वैसे-वैसे ही समीर को दिखाई देने लगा।

"वो देखो सामने...नंगी तलवारें लिये, बेड़ियाँ पहनाए एक लड़की को लिये आ रहे हैं।"

कुछ सिपाही एक दस-ग्यारह बरस की लड़की को ज़ंजीरों में जकड़े हुए ले जा रहे थे। सब कुछ नया और ताज़ा लग रहा था। महल बिल्कुल सजा हुआ था। समीर एक पल को घबरा गया। और एक क़दम पीछे हटा और घूमकर देखा, तो वो बनजारन लड़की वहाँ नहीं थी। समीर घबरा गया, डर गया, और महल के अन्दर से तेज़-तेज़ बाहर की तरफ़ भागा। वो दरवाज़ा जिधर से आया था, अब बन्द था। समीर खिड़की का शीशा तोड़कर बाहर आ गया। इधर-उधर देखा, कोई नहीं था वहाँ।

[11]

बरामदे में वो चूल्हा भी नहीं था, जहाँ वो बनजारन लड़की रोटियाँ बना रही थी। दीवार पे काला निशान जो चूल्हे के धुएँ से बन गया था, अब नहीं था। समीर ने रूमाल निकालकर देखा जिसमें उसने गुड़-रोटी खाने के बाद हाथ पोंछा था, वो निशान अभी भी था। उँगली में भी वो गुड़ की मिठास अभी तक बाक़ी थी।

समीर भागकर अपनी जीप के पास पहुँचा। वो समझ नहीं पा रहा था कि वो लड़की जो उसे दो बार मिली, वो कौन थी!

[12]

समीर सर्किट हाउस पहुँचा। बाथरूम में पहुँचकर नल खोलकर, अपना सिर पानी के नीचे रख दिया। बाथरूम से निकलकर नौकर को आवाज़ देकर बुलाया और कहा :

"चाय लाओ।"

नौकर जाने लगा, तो फिर से उसे बुलाया।

"छत्तरसिंघ।"

"जी, हुकुम!"

"यहाँ पर क्या...कितने सालों से हो?"

"बहुत सालों से हुकुम...दस तो हो गए होंगे।"

"हुँः!...तुमने कभी..."

कुछ कहते-कहते समीर ने अपने-आपको रोक लिया।

“क्या बात है हुकुम? कुछ परेशान लगते हो आप!”
“नहीं-नहीं, कुछ नहीं...”

[13]

रात का वक़्त था। शफ़ी और समीर बैठे हुए थे। ड्रिंक्स शफ़ी बना रहा था।

“तुम क्या समझते हो, सचमुच कोई लड़की थी?”
“बर्फ़ मत डालना मेरे लिए।”

समीर पास ही खड़ा था। शफ़ी ने पूछा :

“तुम तो यक़ीन नहीं करते थे भूत-प्रेत में!”
“मैं यक़ीन की बात नहीं कर रहा...मैं उस हादसे की बात कर रहा हूँ, जो मेरे साथ हुआ। वो तो झूठ नहीं हो सकता।”

बात करते-करते समीर ने अपने हाथ की आस्तीन हटाकर कुहनी की चोट दिखाई।

“ये ख़राशें देखीं कुहनी पर, खिड़की तोड़ के जो बाहर निकला हूँ। मैंने चाकू से तो नहीं लगाईं।”

कुछ सोचकर रूमाल निकाला जेब से।

“ये गुड़ के दाग़ देखे रूमाल पर, अभी तक...”

रूमाल पर दाग़ नहीं था। शायद रूमाल बदल गया था।

''कहाँ गए?...ओह! ये दूसरा है। ये सब मेरे दिमाग़ का फ़ितूर तो...नहीं है?''

शफ़ी ने ताकीद के साथ कहा :

''ख़ुराफ़ात है आपके दिमाग़ की...वक़्त पर शादी न करने के नतीजे हैं ये सब।''

''शटअप मैन!...तुम कभी सीरियस-भर होते हो, किसी बात पर!''

''तुम्हारी शादी के बारे में बिल्कुल सीरियस हूँ...भूल भी जाओ उसे...पम्मी शादी-वादी करके बस भी चुकी अमरीका में...और तुम पाँच साल से वैसे ही लटके हुए हो–बजरबट्टू की तरह...चियर्ज़...चियर्ज़ फ़ॉर पम्मी एंड चियर्ज़ फ़ॉर...नाम नहीं बताया उस बनजारन ने?''

समीर ने गुस्से से कहा :

''विल यू शटअप! तुम ये मसख़रापन ख़त्म नहीं करोगे तो मैं जा रहा हूँ।''

तभी शारदा हाथों में शॉल लिये आई और शफ़ी के कन्धे पे रखा और कहने लगी :

''आप लोग बस भी करो, ये झगड़ा...तीर्थ आ गया है जीप लेकर...आप कपड़े बदल लो।''

समीर ने पूछा शफ़ी से :

''तुम कहीं जा रहे हो?''

''मैं अकेला नहीं जा रहा, आप मेरे साथ चलेंगे।''

''कहाँ?''

''बनजारों के डेरे पर।''

''क्यों?''

''अमाँ, चलो तो सही...चल के देखते हैं। वहीं की कोई बनजारन होगी। तुम्हें बहुत पसन्द आ गई तो साथ ले आएँगे। न अच्छी लगी तो डी. एस.पी ले जाएगा। हवालात में रखेगा। उसे भी बुलाया है मैंने।''

''तुम क्या पागल हो गए? ख़्वाहमख़्वाह तमाशा खड़ा कर दिया!''

शारदा ने भी ताईद की :

''समीर, ये ठीक कह रहे हैं। ये बनजारनें बहुत जादू-टोने जानती हैं। उन्हीं की शरारत होगी।''

''शारदा, इसके साथ तुम्हारा भी दिमाग़ चल गया है? देखो, मैं किसी जादू-टोने पर यक़ीन नहीं करता।''

शफ़ी बोला :

''और भूत-प्रेत पर करते हो?''

''बिल्कुल नहीं...और तुम जैसे कलेक्टर की अक़ल पर तो बिल्कुल यक़ीन नहीं करता।''

शफ़ी ने शारदा की तरफ़ देखकर कहा :

''देखो, इस उल्लू के पट्ठे को...''

शारदा ने शफ़ी को मना किया :

''आप भी तो बाज़ नहीं आते न...हर बात पर मज़ाक़ शुरू कर देते हो।''

''ये मज़ाक़ नहीं है, मैं उसका टेंशन हटा रहा था।''

ये कहते हुए शफ़ी और शारदा घर से बाहर निकले, साथ-साथ समीर भी निकल गया।

[14]

रात का वक़्त। बनजारों की टोली डेरा डाले बैठी थी। चारों तरफ़ चूल्हे जल रहे थे। सभी खाना बना रहे थे। आसमान की तरफ़ धुआँ उठ रहा था। समीर शॉल ओढ़े बनजारों के डेरे में उस लड़की को खोज रहा था, जब एक बूढ़ा-सा आदमी पास आया। वह बनजारों की टोली में से एक था, समीर से पूछा :

''क्या ढूँढ़ रहे हैं हुकुम?''

''तुम्हारे यहाँ कोई...''

पूछते-पूछते समीर रुक गया और बात को बदलते हुए पूछा :

''आप लोग कोई जादू-टोना जानते हो?''

''नहीं हुकुम! छोटा-मोटा सामान बेचते हैं। एक जगह का दूसरी जगह। कुछ खेल-करतब भी दिखाते हैं, बस। आप क्या ढूँढ़ रहे हो किसी को?''

''आपका नाम क्या है?''

''जैमल सिंघ।''

''ये जितने लोग हैं, सब एक ही ख़ानदान के हैं या...''

''एक ही बिरादरी के हैं हुकुम...बयालीस लोग हैं हम सब।''

''कभी कोई अलग भी हो जाता है?''

''हो जाता है, पर ज़्यादातर बता के जाते हैं। जो भी जाता है, किसी न किसी को तो ख़बर रहती है। पर आप किसको ढूँढ़ रहे हो?''

''कोई नहीं...किसी ने एक बार कोई जादू जैसा दिखाया था, इसलिए सोचा...''

ये सुनकर वो आदमी हँस पड़ा और कहा :

''जादू-वादू कुछ नहीं होता हुकुम...हाथ की सफ़ाई दिखा जाता है कोई। आप मत फँसना किसी चक्कर में!''
''ऐसी कोई है तुम्हारे इधर?''
''औरत...? नहीं तो...एक कुबड़ी ताई है, क़िस्मत बताया करती है।''
''सच बताती है?''
''सच भी बताती है। झूठ-मूठ भी बताती है। जैसा ग्राहक मिल जाए।''
''तो झूठ क्यों बताती है?''

दोनों बात करते हुए जा रहे थे।

''कुछ लोगों की क़िस्मत में कुछ होता ही नहीं, तो उनके लिए कुछ डाल देती है। आप दिखाओगे, ये सामने बैठी है?''

आदमी ने एक बूढ़ी-सी औरत की तरफ़ इशारा किया जो 'तिकली' काट रही थी। रस्सी से धागे बनाने को तिकली काटना कहा जाता था।

''दिखा लो हाथ...''
''नहीं-नहीं...मुझे मालूम है।''

समीर जीप में जा बैठा और बूढ़े आदमी को राम-राम कहकर चल दिया।

''अच्छा, हुकुम...जयराम जी की...''

[15]

अगले रोज़ की बात है कि लोचन महल के बाहरी हिस्से में खड़े-खड़े बाजरे की रोटी और गुड़ खा रहा था। समीर लोचन के क़रीब से गुज़रा तो लोचन ने पूछा :

"बाजरी खाओगे हुकुम...गुड़ के साथ?"

समीर रुक गया। रोटी और गुड़ देखकर उसे बनजारा लड़की का ख़याल आ गया और घबराहट में पूछा :

"ये किसने दी, कहाँ से मिली तुम्हें?"

"घर से लाया हुकुम, मैं ख़ुद लाया...खाकर देखो।"

समीर ने रोटी का एक टुकड़ा लिया, और खाकर स्वाद लिया और कहा :

"हूँ...वैसी ही है।"

"कैसी है हुकुम?"

"अच्छी है।"

"और..."

"शाम को ऊँट का इन्तज़ाम कर दिया?"

"हाँ...हो गया...पर रेगिस्तान में आगे मत जाइएगा। लौटने में देर हो जाएगी।"

"हूँ..."

[16]

महल के अन्दर दो मज़दूर पुरानी चीज़ों को उठा रहे थे। एक बड़ी-सी पेंटिंग को दोनों

मज़दूरों ने खड़ा किया, तो एक काला नाग उन्हें नज़र आया, और दोनों घबराकर चिल्लाए :

''साँप...साँप...''

दोनों भागते हुए समीर के पास पहुँचे, जो पास ही में कुछ पुराने सामानों को देख रहा था।

''साँप है, तो काँप क्यों रहे हो?''

''साँप है...उस कमरे में तस्वीर के नीचे साँप है।''

''कहाँ है साँप...किधर है?''

समीर मज़दूर के साथ उस जगह पर आया और पूछा :

''कहाँ है?''

''यहीं था...इसी जगह...''

अब साँप वहाँ नहीं था। समीर ने कहा :

''यहाँ तो नहीं है...देखो, तस्वीर के पीछे तो नहीं है, देखो!''

मज़दूरों ने तस्वीर को खड़ा किया।

''इसके पीछे नहीं है...यहीं था।''

''ज़रा तस्वीर को सीधा करो, खड़ा करो इसे...''

मज़दूरों ने तस्वीर को खड़ा किया।

''चल उठा, अरे! ज़ोर लगा, अरे! लगा ज़ोर... देखिए।''

वो बहुत बड़ी पेंटिंग...राजा प्रमसिंघ की थी। इसे देखकर समीर ने कहा :

‘‘तो आप हैं प्रमसिंघजी...हुँः ...ये तस्वीर नीचे ले जाओ।’’

‘‘जी, साहब।’’

‘‘ले जाओ!’’

[17]

रात के वक़्त समीर महल से निकलकर कच्चे रास्तों से होता हुआ अपने सर्किट हाउस की तरफ़ जा रहा था। कुछ दूर चलने के बाद उसे महसूस हुआ कि वो रास्ता भूल गया। एक पेड़ से लगी हुई लड़की बैठी थी। उसे देखकर समीर ने पूछा :

‘‘सुनिए...वो सरकारी बँगला है न, वो सर्किट हाउस...’’

अचानक लड़की को पहचानकर वो बुदक गया।

‘‘तु...तुम...’’

वही बनजारन थी, जो इससे पहले कई बार मिल चुकी थी, और हर बार कुछ बातचीत करने के बाद ग़ायब हो जाया करती थी। समीर उसे देखकर डर गया। लड़की ने पूछा :

‘‘रास्ता भूल गए?’’

डरते हुए समीर ने पूछा :

''कौन हो तुम...मेरा मतलब है, तुम हो कौन...?''

एक पुराने क़िस्म की लालटेन उस लड़की के पास पड़ी थी। लड़की ने कहा :

''ज़रा...बत्ती जला देना...जला दो।''

समीर सिगरेट पी रहा था। उसके पास माचिस भी थी। घबराया हुआ समीर उस लड़की के पास बैठकर लालटेन जलाने लगा। लालटेन जल गई तो लड़की खड़ी हो गई और समीर ने लालटेन उठा ली। लड़की ने कहा :

''चलो, मैं तुम्हें रास्ता दिखा दूँ।''
''तुम जा कहाँ रही हो?''
''तुम्हें सरकारी बँगले तक पहुँचा दूँ।''

समीर उस लड़की के साथ-साथ चलने लगा। समीर ने डरते हुए धीरे से पूछा :

''लेकिन तुम रहती कहाँ हो?''

ये कहते हुए कुछ सोचकर समीर ने बनजारन लड़की को छूकर देखा। जैसे यक़ीन कर लेना चाहता हो कि ये कोई आत्मा तो नहीं!

''कहीं नहीं...बताया था न, मेरा घर नहीं है।''

समीर ने लड़की को छुआ...लड़की ने पूछा :

''डरते हो?''
''नहीं...तुम बनजारन हो?''
''हूँ...''

‘‘जादू-टोना जानती हो?’’

‘‘नहीं!’’

‘‘तो फिर उस दिन ग़ायब कैसे हो गईं? मैं बाहर आया तो तुम्हारा चूल्हा-वूल्हा सब ग़ायब। मैं ढूँढ़ता ही रह गया!’’

‘‘मैं तो ख़ुद भटक जाती हूँ। वहाँ इतने दरवाज़े हैं कि पता नहीं चलता, किस ड्यौढ़ी से गई और किस ड्यौढ़ी से निकली?’’

‘‘तुम महल में क्या करती हो?’’

‘‘अब क्या करूँगी?...अब तो वहाँ कोई भी नहीं।’’

‘‘उस रोज़ जो दिखाया था, वो क्या था?...वो तो वहाँ नहीं है!’’

‘‘तुम्हें वो दिखाई नहीं देता? मुझे तो सब दिखाई देता है। दिखाई देता है और सुनाई भी देता है। रात-भर तानपूरे की तरह गूँजता रहता है वो महल...दीवारों से कान लगाकर सुनो, किसी की आह, किसी की सिसकी सुनाई देगी। वक़्त बीत जाता है, पर मरता थोड़े ही है।’’

‘‘और क्या-क्या दिखाई देता है तुम्हें महल में?’’

‘‘दीवारों में लगी ज़ंजीरें दिखाई देती हैं। लहू के दाग़ नज़र आते हैं। कोड़ों की चटखती हुई आवाज़ सुनाई देती है। कभी-कभी फ़र्श पर नंगे पैरों की थपक भी कानों में पड़ती है। संगीत अब सुनाई नहीं देता। मरा नहीं, वो दफ़न है। शरीर के शोर में आत्माएँ सुनाई नहीं देतीं। तुमने अकेले में सुना नहीं उस महल को? तुम तो अतीत की खोज करते हो, तुम्हें वो सब क्यों नहीं दिखाई देता?’’

‘‘तुम्हें किसने कहा कि मैं अतीत की खोज करता हूँ?’’

''तुम्हीं ने तो कहा था, ज़ोर से साँस लेकर, वक़्त को सूँघ रहा हूँ।''

समीर लड़की से आगे था। लालटेन थामे हुए, फ़ौरन पलटा।

''तुम थीं वहाँ?...सर्किट हाउस...सुनो।''

समीर ने घूमकर देखा। वो लड़की वहाँ नहीं थी। समीर के हाथ में उसकी लालटेन थी। समीर डर गया। सामने सर्किट हाउस था।

[18]

रात के वक़्त सर्किट हाउस के बरामदे में एक कुर्सी पर समीर आँखें बन्द किए हुए बैठा था। सर्किट हाउस का नौकर छत्तरसिंघ आया और कहा :

''हुकुम...हुकुम...''

समीर ने आँखें खोलीं।

''हूँ...?''
''आप नहा-धो लीजिए, खाना लगा देता हूँ।''
''क्या वक़्त हुआ है?''
''नौ बज रहे हैं हुकुम...हुकुम...हुकुम...''

समीर ने आँखें फिर से बन्द कर लीं।

''हूँ...''
''किसी का इन्तज़ार है क्या?''
''हाँ...''

"किसका?...कोई आने वाला है क्या?"

उस बनजारन की लालटेन पास में पड़ी हुई थी। समीर ने दबे लहज़े में कहा :

"वो...ये बत्ती ली थी किसी से...वो लेने आएगा।"
"बुझा दूँ?...लाइट तो काफ़ी है।"
"हाँ...हाँ, बुझा दो। बिस्तर लगा दो मेरा।"
"और खाना?"
"खाना?...नहीं, खाना नहीं खाऊँगा।"

समीर उठकर कमरे में आ गया, बिस्तर पर लेट गया और छत्तरसिंघ से कहा :

"देखो, इस बत्ती को..."

कहने लगा था–'अपने पास रखना' मगर फिर बोला :

"यहाँ रख दो, मेरे पास।"
"जी..."

छत्तरसिंघ ने लालटेन उठाकर समीर के क़रीब रख दी। फिर समीर ने उससे कहा :

"इसे कोई लेने आए तो मुझे जगा देना।"
"जी..."

छत्तरसिंघ कमरे से बाहर निकल गया और समीर आँखें बन्द करके सो गया।

[19]

दूसरे दिन सुबह-सुबह जब समीर की आँख खुली तो लालटेन वहाँ पर नहीं थी। समीर

ने घबराहट में ज़ोर से नौकर को आवाज़ दी :

''छत्तरसिंघ...''

भागता हुआ नौकर आया और पूछा :

''हुकुम, क्या हुआ?''
''वो...वो लालटेन कहाँ है?''
''मैं बाज़ार गया था, उसे अलमारी में रख गया था।''
''कहाँ है अलमारी में...''

छत्तरसिंघ ने पास की अलमारी से निकालकर दिखाई। समीर झेंप गया।

''सॉरी छत्तरसिंघ!''
''कोई बात नहीं हुकुम...आपका पानी तैयार है, आप नहा लीजिए। कल रात आप बहुत सोए–वो भी ऐसे ही सो गए, कपड़े भी नहीं बदले।''

समीर अलमारी के पास गया, वो खुली थी। समीर ने नौकर से पूछा :

''इसकी चाबी नहीं है? अलमारी की?''
''आप रख दीजिए। मैं ख़याल रखूँगा। आप घबराइए नहीं।''

[20]

सुबह के वक़्त महल के बाहरी गेट से समीर जीप में आया। महल के दरवाज़े पर आकर जीप खड़ी की। महल का चौकीदार लोचन

आया और जीप से लालटेन उठाई, और एक नोट बुक। लालटेन लेकर समीर के पास आया और पूछा :

''हुकुम...ये यहाँ कैसे आई? आप लाए थे?''

''किसकी है?''

''महल की है!''

लालटेन के नीचे लगे लेबल को दिखाकर कहा :

''देखिए न, आर्टिकल 232! परसों ही लेबलिंग की थी।''

''आर यू श्योर?''

''जी हाँ, इसकी जोड़ी भी है।''

''खोई कब थी?''

''पता नहीं...पर सुबह से इसको ढूँढ़ रहे थे।''

''दूसरी कहाँ है?''

''अन्दर है।''

''चलो, देखें!''

''चलिए।''

समीर और लोचन साथ-साथ स्टोर की तरफ़ गए। वहाँ पहुँचकर लोचन ने दूसरी लालटेन दिखाई। बिल्कुल वैसी ही थी, जैसी समीर साथ लाया था।

''वैसी ही है हुकुम!''

''लोचन, तुम एक बार सारी फ़ेहरिस्त चेक करो। देखो, कोई और चीज़ तो ग़ायब नहीं हुई? अगर हुई है तो मुझे फ़ौरन ख़बर करो और वहाँ ये सारी चीज़ें साफ़ करके हॉल में रखवा दो।''

''जी, हुकुम!''

समीर लोचन को समझाकर महल के बाहरी हिस्से में आ ही रहा था कि सामने से शारदा आती हुई नज़र आई। समीर ने उसे देखकर कहा :

''अरे, शारदा? तुम यहाँ कैसे?''
''तुम तो आए नहीं। और रवायत भी है–झगड़ा भाई से, सज़ा भाभी को?''
''कम ऑन शारदा! शफ़ी से कोई झगड़ा कर सकता है क्या...? वो भी आया है?''
''नहीं। मैं मन्दिर गई थी, वहीं से आ रही हूँ।''
''कुछ माँगने गई थीं?''
''हूँ!''
''मिला?''
''हूँ!''

समीर ने शारदा के हाथ में एक काले धागे में बँधा तावीज़ देखकर पूछा :

''ये क्या है? अच्छा, पति को बस में करने के लिए कोई मन्तर है!''
''उसकी ज़रूरत नहीं पड़ती मुझे।''
''तो फिर क्या है?''
''तुम्हारे लिए लाई हूँ, पहन लो।''
''पागल हो गई हो शारदा!''
''ना मत करना समीर। बहुत मन्नत माँगकर लाई हूँ।''
''शारदा, मैं...मैं तावीज़ पर यक़ीन नहीं करता।''
''मत करो। मेरी ख़ातिर लो। बहुत डर लगता है

तुम्हारे लिए, समीर...उस दिन से बहुत परेशान हूँ...अब भूत-प्रेत जो नज़र आते हैं तुम्हें...''

समीर वहीं पेड़ की छाँव में बैठ गया और बताने लगा :

''शारदा, वो भूत नहीं है...वो...''

''तुम्हें क्या मालूम, कौन है?...क्या चाहती है तुमसे?''

समीर एकटक आसमान की तरफ़ देखते हुए कहा :

''क्या चाहती है, मैं नहीं जानता। क्यों बार-बार आती है मेरे पास? और मेरे पास ही क्यों आती है?''

''वो फिर आई थी?...फिर मिली थी तुमसे?''

ये सुनकर समीर ख़ामोश हो गया और धीरे से हाँ में सिर हिलाया :

''हाँ!''

''फिर? फिर ग़ायब हो गई...उसी तरह?''

''हाँ...पता नहीं क्यों, उसके आने से पहले एक आँधी की-सी आवाज़ आती है मुझे। जब भी मिलता हूँ उससे, उसके इर्द-गिर्द कोई तेज़ हवा चल रही है। दिखाई नहीं देती लेकिन है।...चली जाती है तो सब ख़ामोश हो जाता है। एक सन्नाटा-सा रह जाता है।''

शारदा ने इधर-उधर देखा।

''वो...वो सुन रही होगी न?''

''शारदा...शारदा, ये क्या हो रहा है मेरे साथ? ये क्यों हो रहा है?...वो कौन है, क्या है, मुझे नहीं मालूम, लेकिन मैं कौन हूँ...क्या हूँ...मैं जानता हूँ।''

[21]

शफ़ी अपने ऑफ़िस में था और सुराही से गिलास में पानी निकालकर सामने बैठे पुलिस ऑफ़िसर डी.एस.पी. को दिया।

''यार, मुझे दो-तीन पुलिस वाले चाहिए...नाइट ड्यूटी के लिए।''
''कहाँ पर?''
''महल के आस-पास। सुना है, वहाँ छोटी-मोटी चोरियाँ होती हैं। कोई बत्ती वग़ैरह चुरा ले गई थी।''

पानी का गिलास डी.एस.पी. को दिया।

''ये लो।''
''ये आपने क्या किया? मैं...थैंक यू।''

शफ़ी ने बात जारी रखी :

''वैसे चौकीदार तो है वहाँ, लेकिन काफ़ी लेज़ी...और मैं ये भी चाहता हूँ कि अगर कोई शख़्स दिखाई दे, फ़ौरन गिरफ़्तार कर लो उसे।''
''हो जाएगा।''
''अच्छा, इन बनजारों का क्या करें?''
''वो तो सुना है, कल रात गाँव छोड़कर चले गए!''

''शुक्र है, बला टली।''

डी.एस.पी ने पूछा :

''वो समीरसिंघ जी कैसे हैं?''

''ठीक है। जयपुर गया हुआ है, दो-तीन दिन में लौट आएगा।''

''ठीक है।''

डी.एस.पी. उठकर गिलास रखने सुराही के पास गया और वहीं से हाथ हिलाकर जाने की इजाज़त माँगी।

[22]

समीर एक बहुत बड़ी बुक-स्टॉल के अन्दर पहुँचा और पास बैठी सेल्स गर्ल से कहा :

''हैलो...''

सेल्स गर्ल उसे देखकर बोली :

''आपको पहले कहीं देखा है।''

समीर फ़ौरन पीछे हट गया।

''स्टॉप इट प्लीज़ आपने मुझे कहीं नहीं देखा—न इस जन्म में, न अगले जन्म में, ऐवीं ही।''

समीर ने जिस तरह से लड़की को कहा, वो घबराकर माफ़ी माँगने लगी :

''आई एम सॉरी!''

''हुँह...कहीं देखा है!''

समीर पास ही दूसरी किताबों की रैक को देखने लगा। सेल्स गर्ल उसके पास आई और कहा :

''एक्सक्यूज़ मी! कैन आई हेल्प यू?''

समीर ने उसकी तरफ़ देखा और कहा :

''जी हाँ, मैं पैरासाइकोलॉजी, जन्म-पुनर्जन्म, तंत्र वग़ैरह की किताबें ढूँढ़ रहा हूँ।''

''वो सब आपको फ़र्स्ट फ़्लोर पर मिल जाएँगी।''

समीर ने फ़र्स्ट फ़्लोर की तरफ़ देखा और सीढ़ियों से ऊपर पहुँचा। वहाँ पहले से एक बुज़ुर्ग आदमी किताबें देख रहा था। समीर भी वहीं जाकर देखने लगा। बुज़ुर्ग आदमी ने जाते-जाते समीर को देखा और पहचानकर कहा :

''एक्सक्यूज़ मी!''

''यस?''

''आर यू समीर?''

''जी?...जी हाँ!''

''किसी पम्मी नाम की लड़की को जानते थे–तीन-चार साल पहले?''

''आप...?''

''मैं उसका मामा हूँ। प्रोफ़ेसर जी.एन. माथुर।''

''ओह, भैरो मामा...सॉरी, मैंने आपको पहचाना नहीं। कभी मिला ही नहीं। सिर्फ़ ज़िक्र सुना था। कितनी छोटी दुनिया है, बताइए! इससे बेहतर मैं क्या माँग सकता था इस वक़्त!''

‘‘देखो भाई, वक़्त जितना विराट है उतना ही मुख़्तसर भी है। दो ऑर्बिट जब छूके गुज़रते हैं तो दुनिया छोटी हो जाती है और जब अलग होते हैं तब अनन्त इन्फिनिट।’’

फिर सँभलकर बोले :

‘‘मेरी प्रोफ़ेसरी नहीं छुटती। ख़ैर, छोड़ो, ये बताओ, इस वक़्त यहाँ क्या ढूँढ़ रहे थे?’’

‘‘यूँ ही...पैरासाइकोलॉजी, जन्म-पुनर्जन्म वग़ैरह...’’

‘‘ये तो तुम्हारा सब्जेक्ट नहीं है?’’

‘‘आ...आपका तो है!...कुछ वक़्त देंगे, कुछ समझना चाहता हूँ आपसे।’’

‘‘ज़रूर-ज़रूर! तुम पहले किताबें देख लो, उसके बाद घर चलकर बैठते हैं।’’

‘‘अब तो किताबें भी आप ही बताएँगे!’’

‘‘अच्छा-अच्छा, चलो।’’

‘‘चलिए!’’

समीर और भैरो मामा दुकान से निकलकर घर की तरफ़ चल दिये।

[23]

समीर और भैरो मामा घर पहुँचे। अब तक समीर ने उस बनजारन के बारे में सब कुछ बता दिया था। भैरो मामा कह रहे थे :

‘‘अच्छा, एक बात बताओ, तुमने कहा कि जब ट्रेन रुकी और तुम उसके झटके से जाग उठे तब वो लड़की कम्पार्टमेंट में नहीं थी!’’

‘‘मैंने सोचा, वो टॉयलेट में है...मगर टॉयलेट का दरवाज़ा खुला था और वो वहाँ नहीं थी।

मैंने चिटखनी खोलकर बाहर प्लेटफ़ॉर्म पर देखा।''

''इसका मतलब ये कि चिटखनी भी वैसी की वैसी लगी रही और वो बाहर चली गई।''

''अरे हाँ...ये तो मैंने ख़याल ही नहीं किया। लेकिन आत्मा...बताइए न, आत्मा होती है? सचमुच होती है?''

''हूँ...चलो...''

दोनों लोग कमरे के अन्दर पहुँचे। कमरे में भैरो मामा की अपनी पर्सनल लाइब्रेरी थी, जिसमें से कुछ किताबें, कुछ रिसाले निकालकर समीर को दिखाने लगे, और समझाने लगे :

''ये टाइम्स वीकली है। इसमें लामा की प्रेडिक्शन है और ये, यहाँ की इलस्ट्रेटेड वीकली है। ये देखो...ये महिला हैं—उत्तरा।''

''हूँ...''

''महाराष्ट्रियन लेडी हैं। नागपुर में रहती हैं। यूनिवर्सिटी में लेक्चरर हैं। तैंतीस साल की उम्र में अचानक एक रोज़ बंगाली बोलने लगीं—वो ज़बान, जो उन्होंने कभी सीखी ही नहीं थी और पूरी पर्सनैलिटी...ये...ये शारदा देवी में तब्दील हो गईं। एक ऐसी महिला, जो डेढ़ सौ साल पहले गुज़र चुकी थी। बर्ज़ीनिया यूनिवर्सिटी के डॉक्टर 'डेन स्टूयूनिस' का कहना है कि ये कोई पुनर्जन्म का केस नहीं है बल्कि कोई और आत्मा है जो...''

कमरे में नौकर कप-प्लेट उठाने आया, उसे देखकर मामा ने पूछा :

''पम्मी आ गई?''

"जी नहीं।"

"अच्छा, ये देखो, ये इंडिया टुडे का इश्यू है–फ़रवरी 19, सन् 87। इसमें ये...ये नेपाल की बुलदस्म मॉनस्टरी के लामा मरने से पहले बता गए थे कि मैं फ़लाँ-फ़लाँ जगह पर जन्म लूँगा और मेरी निशानी ऐसी-ऐसी होगी, ये उसी लड़के की तस्वीर है यानी वही लामा! है न! माँ-बाप अलग-अलग हैं, इसमें कोई न माननेवाली बात है? मैं कोई प्राचीन काल की बात नहीं कर रहा हूँ, बल्कि आज के अमरीका की टाइम मैगज़ीन और इंडिया टुडे की रिपोर्टिंग की बात कर रहा हूँ...कोई विक्रम बेताल की बात नहीं कर रहा..."

"वो भी अगर आत्मा है वो बनजारन, कहीं जन्म क्यों नहीं लेती, भटक क्यों रही है?"

"मैं तो ये नहीं बता सकता, सिर्फ़ इतना पता है, कि कुछ आत्माएँ, जिनकी आरजू...इच्छा...अधूरी रह जाती है, वो किसी ख़ास जगह...और वक़्त के दायरे में भटकती रहती हैं–जब तक कोई उन्हें मुक्त न करा दे। शायद ऐसे ही, किसी वजह से वो रूह भी उस जगह भटक रही है, और शायद तुमसे मदद चाहती है!"

एक लड़की ने दरवाज़े से झाँककर देखा।

"लेकिन मुझसे क्यों?"

"क्यों नहीं?...एक अच्छी, साफ़-सुथरी, आत्मा के मालिक हो तुम। वो तुम पर भरोसा करती है।"

दरवाज़े से पम्मी ने पुकारा :

"मामा, मैं अन्दर आ सकती हूँ?"

''ओह...आ जाओ।''

पम्मी अन्दर आ गई। मामा ने बैठने को कहा।

''बैठो...''

पम्मी बैठ गई—वहीं उनके क़रीब।

''लौट आईं?''
''ये लो किताबें, तुम्हारे लिए।''
''कोई प्राइवेट बात है?''
''नहीं, ऐसे ही एक पर्सनल-सी प्रॉब्लम थी इसकी।''
''क्या है...? मैं तीन बार झाँकी मार के गई, हर बार आप लोग किसी लड़की की बात कर रहे थे? समझ में नहीं आया कि किसकी गर्ल फ़्रेंड है—आपकी...या समीर की?''

समीर ने बात को बदलने के लिए पूछा :

''तुम्हारी शॉपिंग हो गई?''
''यस, समथिंग वेरी इंटरेस्टिंग!''
''क्या लिया टॉम के लिए?''
''देखोगे?''
''हूँ...''

पम्मी रुद्राक्ष की माला दिखाने लगी समीर को।

''वो बनजारे हैं न, उनसे ख़रीदा। नक़ली है पर टॉम को बहुत अच्छे लगेंगे।''
''हूँ...''

"ही विल लव इट! और मैं उसे बताऊँगी कि इसमें, रुद्राक्ष में, क्या-क्या स्पिरिच्युअल पावर्स हैं।"

फिर एक गेरुए रंग का कुर्ता दिखाया।

"और ये जोगिया, नाइस?"
"वेरी नाइस।"
"वाय डोन्ट यू वियर इट!"
"मैं..."
"हाँ...पहन के देखो।"

पम्मी खड़ी हो गई और समीर की क़मीज़ के बटन खोलने लगी–कुर्ता पहनाने के लिए।

"पहन के देखो...कम ऑन...टॉम का साइज़..."

तभी पम्मी को समीर के गले में वो तावीज़ नज़र आया।

"ये क्या है? तुम तो कभी नहीं पहनते थे...ये सब!"

समीर ने झिझकते हुए जवाब दिया :

"ये...एक दोस्त ने पहना दिया है मुझे।"
"हूँ...लड़की या लड़का?"
"किसी वहम की वजह से बचने के लिए शारदा ने पहना दिया था। तुम जानती हो उसे, मिसेज़ शफ़ी?"

समझते हुए भैरो मामा ने पूछा :

"उसी...के लिए?"

पम्मी ने हैरत से मामा को देखा। समीर ने जवाब दिया :

“जी हाँ...डू यू थिंक इट वर्क्स?...असर होता है इसका?”

“पता नहीं, कुछ लोगों के लिए साइकोलॉजिकल एडवांटेज होता है, बस। क्या कहा था जिसने दिया?”

“कहा था, फिर नहीं आएगी।”

“आई...?”

“हाँ...ये उस लालटेन वाले एक्सीडेन्ट के बाद पहना था।”

“पहने रहो। देखो, क्या होता है!”

पम्मी हैरत से सुन रही थी, और देख रही थी दोनों को।

“किसकी बात कर रहे हैं आप दोनों...मुझे कुछ गड़बड़ लगती है!”

“तुम छोड़ो ये सब, मैं कुर्ता पहनता हूँ।”

“रहने दो, पहले बताओ, ये क्यों पहना है?”

पम्मी ने तावीज़ की तरफ़ इशारा किया।

“यूँ ही एक वहम-सा हो गया था।”

“ये तुम्हारी जैसी बात नहीं समीर...सच-सच बताओ, क्या हुआ?”

भैरो मामा बीच में बोल पड़े :

“बैठ जाओ।...मैं बताता हूँ...समीर, मुझे समझाने दो। देखो, ये बात अलोकिक ज़रूर है लेकिन नामुमकिन नहीं है। एक आत्मा है, कम-से-कम अब तक तो यही समझ में आ रहा है, जो समीर से मिलती है...वो इससे मिलती है...बात करती है और अचानक ग़ायब हो जाती है।

लगता है...वक़्त के किसी दायरे में फँस गई है, उससे आज़ाद होना चाहती है...अनलेस...!''

मामा रुक गए। समीर ने दोहराया :

''अनलेस...?''

पम्मी ने भी हैरत ज़ाहिर की :

''अनलेस वॉट?''

''मैं कहता नहीं कि ऐसा है, लेकिन ऐसा हो सकता है। समीर के किसी पिछले जन्म का सम्बन्ध हो, उसके साथ!''

[24]

वही बनजारन एक खँडहर में भटक रही थी और छिटकी हुई चाँदनी में कुछ गुनगुना रही थी :

मैं एक सदी से बैठी हूँ
इस राह से कोई गुज़रा नहीं
कुछ चाँद के रथ तो गुज़रे थे
पर चाँद से कोई उतरा नहीं

दिन-रात के दोनों पहिए भी
कुछ धूल उड़ाकर बीत गए
मैं मन-आँगन में बैठी रही
चौखट से कोई गुज़रा नहीं

खँडहरों से निकलकर वो बनजारन रेगिस्तान के टीलों पर नज़र आई।

आकाश बड़ा बूढ़ा बाबा
सबको कुछ बाँट के जाता है
आँखों को निचोड़ा मैंने बहुत
पर कोई आँसू उतरा नहीं!

बनजारन लड़की रेगिस्तान के रेतीले टीलों पर ख़ामोशी से एक जगह बैठ गई। दूर से समीर उसकी तरफ़ बढ़ता हुआ नज़र आया। उसके क़रीब पहुँचकर उसके बग़ल में बैठ गया, और एकटक लड़की को देखने लगा, फिर धीरे से कहा :

"तुम...बहुत अच्छा गाती हो।"
"मैंने सीखा है।"
"किससे?"
"उस्ताद जी से।"
"कौन उस्ताद जी?"
"हमारे गाँव के हैं—मेराज अली।"
"कौन-सा गाँव है तुम्हारा?"
"बहुत दूर है। रेगिस्तान के उस पार।"

समीर को एक वहम था भूत का, कुछ सोचकर, उसने धीरे से, चुपके से उसके हाथों को छुआ। महसूस किया। फिर अपने दूसरे हाथ को हलके से काँटा चुभाकर देखा—ये जानने के लिए कि ये सब जो हो रहा है, ये कोई सपना तो नहीं है? फिर पूछा :

"तो यहाँ क्या कर रही हो? दूर गाँव से...।"
"मेहरू की बकरियाँ देख रही हूँ।"
"मेहरू कौन?"

''गड़रिया। गाँव किनारे घर है उसका। पक्का था, अब टूट-फूट के खँडहर हो गया है। आएगा तो बनवाएगा फिर से।''

''कहाँ गया है?''

''पुनिया...बहुत दिन हो गए, बस, आने ही वाला है।''

समीर ने लड़की के पैरों की उँगली में चोट देखकर पूछा :

''ये क्या हुआ है तुम्हारे पैर में?''

''उँगली कट गई थी।''

''कैसे...?''

''थाली गिर पड़ी थी हाथ से।''

समीर के गले में पहना हुआ तावीज़ देखकर लड़की ने पूछा :

''ये क्या पहन रखा है तुमने? पहले तो नहीं था!''

''ये किसी ने लाकर दिया है।''

''इसके पहनने से क्या होता है?''

''भूत-प्रेत से बचने के लिए...कहते हैं, फिर वो दिखाई नहीं देते।''

''भूत-प्रेत तुम्हें नज़र आते हैं?''

समीर ने कुछ सोचकर जवाब दिया :

''हाँ!''

''तंग करते हैं तुम्हें?''

''नहीं...नहीं, कभी नहीं।''

लड़की ने आह भर के कहा :

''मुझे बहुत सताते हैं!''

समीर को हैरत हुई।

''कौन?...भूत-प्रेत...?''

''हाँ...कोड़ों से मारते हैं, घसीटते हैं, लहूलुहान कर देते हैं। ये देखो, मेरी पीठ पर देखो।''

लड़की ने अपनी पीठ दिखाई, जिस पर ताज़ा ज़ख़्म थे, जिनसे अभी भी ख़ून रिस रहा था। समीर ने उसे छूकर देखा, उसकी उँगली में ख़ून लग गया। उसने अपनी उँगली को देखा, और अपनी क़मीज़ पर पोंछ लिया। फिर पूछा :

''ये...ये कौन हैं जो तुम्हें कोड़ों से मारते हैं?''

''ये साये, रेगिस्तान में रहते हैं, मुझे रेगिस्तान से गुज़रने नहीं देते। मुझे उस पार जाना था लेकिन...ये साये जाने नहीं देते।''

समीर ने कुछ न समझकर भी सिर हिला दिया।

''हूँ...''

लड़की ने शिकायत की :

''मुझे बहुत सताते हैं ये साये।''

समीर ने अपना तावीज़ दिखाकर कहा :

''इसे पहनोगी। इसे...इसे तुम पहन लो।''

समीर ने वो तावीज़ जो पहन रखा था, निकालकर उस लड़की को दे दिया। लड़की ने पूछा :

''और तुम...?''

''मुझे...मुझे ये साये सताते नहीं, मैं इनसे बचना नहीं चाहता। एक बात पूछूँ?''

“तुम कहाँ रहती हो?...मेरा मतलब है कि तुमसे मिलना हो तो कहाँ मिल सकता हूँ?”

“तुम्हें अब जाना है?”

“हाँ...हाँ...”

“तुम चले जाओ...जहाँ छोड़कर जाओगे, वहीं मिलूँगी, लेकिन जाते वक़्त मुड़कर कभी मत देखना।”

हैरत से भरा हुआ समीर खड़ा हो गया।

“हूँ...अच्छा...मैं...”

समीर वहाँ से चलने लगा...धीरे-धीरे टीले से उतरने लगा। वो लड़की पीछे बैठी हुई थी। समीर ने पीछे मुड़कर नहीं देखा। जब उतर आया, तब उसने जल्दी से मुड़कर देखा और फिर से टीले पर चढ़ गया। वहाँ पर नहीं थी। वो ग़ायब हो चुकी थी। समीर ने चारों तरफ़ देखा—दूर तक। उस लड़की का पता नहीं था। मगर पास में जहाँ पर वो बैठी थी, वो अभी तक था रेत पर! लेकिन पाँव के निशान कहीं नहीं थे।

[25]

रात के वक़्त समीर अपनी राइटिंग टेबल पर बैठा अपनी डायरी में आज के वाक़ये के बारे में लिख रहा था :

‘पहले उम्मीद थी, ये कैफ़ियत ख़त्म हो जाएगी। अब डर है कि ये कैफ़ियत ख़त्म हो जाएगी। भैरो मामा से मिलने के बाद दिल से ख़ौफ़ निकल गया है। पहले बौखला गया था। होश-हवास गुम

हो गए थे। परेशान हो गया था कि ये क्या हो रहा है मेरे साथ! अब जानना चाहता हूँ, मेरे साथ क्या हो रहा है? क्यों हो रहा है? अब नहीं चाहता कि ये कैफ़ियत ख़त्म हो। कम-से-कम जब तक सब कुछ जान नहीं लेता। बेला की ही नहीं...अब अपनी भी तलाश है मुझे, बेला...'

बेला नाम लिखने के बाद समीर फ़िक्र में डूब गया।

'नाम कब बताया उसने मुझे? क्या...यही उसका नाम है?'

समीर कुछ सोचता हुआ, हाथ में सिगरेट लिये...कमरे से बाहर आ गया। सर्किट हाउस के बरामदे में आ खड़ा था।

[26]

बावजूद सर्दी के नेकर और नंगे बदन में खड़ा समीर बरामदे में सिगरेट पी रहा था, जब उसने देखा कि कुछ दूरी पर वही लड़की हाथ में लालटेन लिये चली जा रही थी। जल्दी से समीर उसके पीछे चल दिया। लड़की कुछ दूरी पर चली जा रही थी और एक मोड़ पर आकर वो लड़की ग़ायब हो गई। समीर उसे खोजने लगा। दूर से एक जीप आती नज़र आई जो उसके क़रीब आकर खड़ी हो गई। उसमें उसका दोस्त शफ़ी बैठा हुआ था। समीर को नेकर और नंगे बदन देखकर उसे अपनी शॉल दी...कुछ कहना ही चाह रहा था कि समीर ने कहा :

"क्या है शफ़ी...मैंने दूर से ही कोई फ़िगर देखी लालटेन हाथ में लिये...तुम्हें बताया तो था! वो लालटेन चोरी हो गई थी। मुझे शक हुआ और ऐसे ही भाग आया।"

"हूँ...चलो, गाड़ी में बैठो।"

शफ़ी ने घूरते हुए उसे देखा। समीर ने कहा :

"तुम...तुम ये मत समझना, मैं पागल हो गया हूँ। जिस तरह देख रहे हो..."

"हूँ...बैठो..."

समीर जीप में पीछे जाकर बैठ गया। शफ़ी ड्राइवर से बोला :

"चलो!"

जीप दूर निकल गई।

[27]

जीप सर्किट हाउस पहुँची, तो समीर जीप से उतरकर शफ़ी के पास आया और शॉल देते हुए पूछा :

"इतनी रात गए तुम क्या कर रहे थे यहाँ?"

"कितनी रात गए?"

समीर ने घड़ी देखी।

"रात का एक बज रहा था।"

शफ़ी ने दोहराया :

"रात का एक बज रहा है...अगर यही सवाल तुम ख़ुद से पूछो तो? एक बज रहा है, जाओ...जाओ, सो जाओ और कुछ पहनो।"

समीर सर्किट हाउस में गया। चलते-चलते उसने कुछ सोचा और कमरे में पहुँचते ही उस जगह देखा, जहाँ लालटेन रखी थी। तेल का निशान कपड़े पे अभी भी लगा हुआ था। उसने अपने आपसे कहा :

'तो मतलब, बत्ती उसने महल से ली होगी?'

[28]

आधी रात के बाद का वक़्त था, जब समीर जीप से महल में पहुँचा। महल के अन्दर स्टोर में गया, जहाँ दोनों बत्तियाँ पड़ी थीं। उनको टटोलकर-छूकर देखा, उनकी गरमी भाँपने की कोशिश की। पास रखी मोमबत्ती को जलाया। तभी किसी गाने की आवाज़ सुनाई दी। समीर कैंडल लिये हुए हॉल में देखने लगा, और चिल्लाकर उस लड़की को बुलाया :

"सुनो, कहाँ हो तुम...कहाँ हो?"

समीर नीचे हॉल में आकर इधर-उधर देखने लगा। जब उसने अपने बाईं तरफ़ देखा, तो वही बनजारन लड़की पोटली लिये, एकटक समीर को देख रही थी।

"तुम...तुम कब आईं?"
"अभी..."
"ये तुम्हारी आवाज़ थी, तुमने गाया?"
"नहीं, तारा गा रही थी।"
"तारा? तारा कौन?"
"मेरी दीदी।"

''कहाँ गई वो?''

''यहाँ नहीं है वो...गाँव में है–रेगिस्तान के पार।''

''तो यहाँ आवाज़ कैसे आई उनकी?''

''मैंने कहा था न...ध्यान से सुनो...तो ये महल तानपूरे की तरह गूँजता है।''

''तुम्हारी दीदी इस महल में रहती थी?''

''नहीं, उस्ताद जी ने बुलाया था।''

''उस्ताद मेराज अली?''

''हाँ...पिताजी ले आए थे। राजा को सुनवाने... हम सब वहीं नीचे बैठे थे।''

लड़की ने समीर को दिखाया।

फ़्लैश बैक–

समीर ने मुड़ के देखा तो माज़ी का वही हॉल बहुत अच्छी तरह से सजा हुआ नज़र आया। कुछ साज़ बजानेवाले बैठे थे। कुछ दरबारी थे। एक लड़की नाच रही थी। और बनजारन लड़की समीर को बता रही थी :

''वो उस्ताद जी हैं...जो गा रहे हैं। हम दोनों को बेटी की तरह मानते थे।''

लड़की ने समीर को दिखाया :

''और वो दीदी हैं, जो बीच में बैठी हैं।''

मंज़र कुछ ऐसे नज़र आ रहा था, जैसे सब कुछ अभी वाक़या हो रहा हो! जैसे बीता हुआ कल फिर से ज़िन्दा हो गया हो!

''वो पिता जी हैं।''

समीर ने पूछा :

"और वो छोटी लड़की?"

उसी महफ़िल में वो बनजारन भी बैठी थी,
जब वो दस-बारह साल की थी।

"वो मैं हूँ!"

बनजारन की बड़ी बहन महाराज के सामने नाच रही थी, और मेराज अली गा रहे थे। साज़िन्दे साज़ों को बजा रहे थे।

जूठे नैनाँ बोलें, साची बतियाँ
नित चमकावे, चाँद, काली रतियाँ
जूठे नैनाँ बोलें...
जानू जानू झूठे, माही की ज़ात
किन सौतन संग तुम काटी रात
अब लिपटी-लिपटी, बताओ न बतियाँ
जूठे नैनाँ बोलें...
बोलो, बोलो, कैसी भाई सुन्दरी
जिसको दे देनी तुम मोरी मुँदरी
अब भीनी-भीनी बनाओ न बतियाँ
जूठे नैनाँ बोलें...

नाचते हुए और उनके भाव को दर्शाते हुए तारा बड़ी सुन्दर लग रही थी। रेवा भी वहीं महफ़िल में अपने पिता के साथ बैठी थी, हाथों से ताल मिला रही थी।

महाराज ने मानीख़ेज़ नज़रों से दीवान की तरफ़ देखा। तारा नाच ख़त्म करके महाराज के सामने पहुँची तो महाराज ने इनाम देते-देते तारा के हाथों को आहिस्ता से पकड़ लिया और कहा :

"तारा...कुछ दिन रुकोगी यहाँ?"

"जी...?"

कुछ बोली नहीं। महाराज ने अपने दीवान की तरफ़ देखा। दीवान महाराज का इशारा समझ गया और बोला :

"दीवानख़ाने में बन्दोबस्त हो जाएगा हुकुम!"
"हूँ..."

महाराज नशीली आँखों से तारा को देखते रहे। तारा दबे क़दमों से पीछे हट गई।

[29]

रात का वक़्त था। मेराज अली भाँप गया था कि महाराज के मन में खोट आ गया है। वो दबे क़दमों तारा के कमरे की तरफ़ आए और दरवाज़े पे धीरे-धीरे थपथपाहट दी, और तारा के पिता को आवाज़ दी :

"जगतार...जंगतार...?"

दरवाज़ा खुला। मेराज अली कमरे में आ गए। जगतार हैरान रह गया।

"मेराज...तुम, इस वक़्त यहाँ?"

तारा और उसकी छोटी बहन भी वहीं खड़ी थीं। मेराज बोले :

"सुनो जगतार...बच्चों को लेकर अभी निकल जाओ...यहाँ से!"
"क्यों?...क्या हुआ?"
"प्रमसिंघ की नीयत ख़राब है।"
"ओह..."

"बाहर दो ऊँटनियाँ तैयार हैं। रात के रात निकल जाओ। कल रात तक रेगिस्तान पार हो जाओगे तो वहाँ तक कोई नहीं पहुँचेगा।"
"ठीक है..."

जगतार बेटियों की तरफ़ मुड़े।

"तारा बेटा, हम सबको चलना है यहाँ से। तैयारी करो...इसी वक़्त।"
"हूँ...ऊँ...रेवा।"

तारा की छोटी बहन का नाम रेवा था।

[30]

मंज़र माज़ी से लौट आया। वहीं खँडहरनुमा महल में...रात के वक़्त, समीर के क़रीब वही बनजारन लड़की खड़ी थी, जो सब कुछ बयान कर रही थी। समीर ने पूछा :

"तुम्हारा नाम बेला नहीं है?"
"नहीं...रेवा नाम है मेरा।"
"तो फिर बेला किसका नाम है?"
"पता नहीं।"

समीर ने बात जारी रखी :

"तो फिर तुम लोग चले गए थे, उसी रात?"
"हाँ...दिन निकल आया था। हम रेगिस्तान में ही थे कि राजा के लोग आ पहुँचे।"

फ़्लैश बैक–

समीर को पूरा मंज़र फिर से नज़र आने लगा।

दो ऊँट रेगिस्तान में चले जा रहे थे। एक पर तारा बैठी थी, और दूसरे पर जगतार अपनी बेटी रेवा के साथ बैठा हुआ था। अभी कुछ ही दूर पहुँचे थे कि राजा के सिपाहियों ने घेर लिया। तारा की ऊँटनी तो निकल गई, लेकिन जगतार और रेवा को पकड़ लिया।

रेवा ही सुना रही थी :

"मैं और बाबा एक ऊँटनी पर थे और तारा दूसरी पर। बहुत भगदड़ मची। उसी भगदड़ में तारा की ऊँटनी आगे निकल गई।"

[31]

महल का वही हिस्सा, जिसमें जगतार को दीवार के सहारे बाँधा हुआ था और सिपाही कोड़ों से मार रहा था। जगतार लहूलुहान हो गया था। पास ही राजा खड़ा सब कुछ देख रहा था। दूर खड़ा दीवान महाराज के पास आया और सिर झुकाकर पूछा :

"हुकुम...?"

"मेराज अली कहाँ है?"

तभी एक सिपाही छोटी रेवा को ज़ंजीरों में बाँधे महाराज के सामने लाया। दीवान ने बताया :

"मेराज को तो क़िले की कोठरी में डाल दिया है।"

प्रमसिंघ ने रेवा को देखकर हुकुम दिया :

''इसे भी वहीं रखो, साथ वाली कोठरी में।''

ज़ंजीरों से बँधे जगतार की तरफ़ इशारा करके दीवान ने पूछा :

''लेकिन इस...मिरासी का क्या करें?''

''जान से मत मारो, पाप लगता है। ऊँट पे डाल के रेगिस्तान में छोड़ दो...ठीक तरह से बाँधना ताकि गिरे नहीं। गिरेगा तो चोट लगेगी।''

''जी, हुकुम!''

बुरी तरह लहूलुहान जगतार को दो सिपाही खींचते हुए रेवा के पास से ले गए। रेवा बिलखती रही :

''बाबा, मैं आ जाऊँगी...मेरा इन्तज़ार करना। दीदी से कहना, मेरा इन्तज़ार करे। मैं ज़रूर आऊँगी।''

प्रमसिंघ ने मुस्कराते हुए कहा :

''इन्तज़ार हम भी करेंगे।''

प्रमसिंघ सीढ़ियों से अपने कमरे की तरफ़ चल दिए। ज़ंजीरों में बँधी रेवा उसे जाते हुए देखती रही।

[32]

समीर जब सर्किट हाउस पहुँचा, उसके ख़यालात उसे बार-बार अपने ही बारे में सोचने को मजबूर कर रहे थे। जब वो बाथरूम में नहा रहा था, नहाते हुए भी यही बड़बड़ा रहा था :

'मैं कौन हूँ? ये कहानी मुझे क्यों सुनाई रेवा ने? मेरा क्या तालुक़ है उससे? मैं जगतार हूँ, मेराज अली या प्रमसिंघ?'

समीर अपने बारे में जानना चाहता था। ये सोच उसके मन में कौंध रही थी। तभी छत्तरसिंघ की आवाज़ आई :

''कलेक्टर साहब का फ़ोन है–हुकुम!''

समीर ने आकर फ़ोन उठाया।

''हाँ...हैलो...''

दूसरी तरफ़ शफ़ी था।

''समीर क्या कर रहे थे?''

''नहा रहा था।''

''नंगे?''

''हाँ...मतलब...तुम क्या सूट पहनकर नहाते हो ईडियट?''

''अबे, तो इतना गुस्सा करने की क्या बात है इसमें? नहा रहे थे, तो नहा रहे थे नंगे। सभी नंगे नहाते हैं।''

पीछे से शारदा शफ़ी के पास आई और सुनकर बोली :

''आप भी अजीब सवाल करते हैं!''

''एक मिनट! देखो, तुम खुद ही बात कर लो उससे।''

''हूँ...''

''लेकिन कल रात का ज़िक्र मत करना।''

''अच्छा!''

शफ़ी ने फिर मज़ाक़ किया समीर से :

"कपड़े पहन ले, भाभी से बात करनी है।"

कुछ सोचकर समीर ने पूछा :

"अच्छा, सुन...सुन, तुझे उर्दू आती है क्या?"
"हाँ...अबे, मुझे उर्दू नहीं आएगी, तो क्या तेरे बाप को उर्दू आएगी?"

झगड़ते देखकर शारदा ने कहा :

"अच्छा, बस!"
"ले, बात कर...उर्दू आती है क्या...? ईडियट!"

शारदा ने फ़ोन ले लिया और समीर को कहा :

"समीर...कहाँ हो भाई...घर क्यों नहीं आते? आज तो एतवार है भाई! महल का काम भी बन्द है। तुम अभी चले आओ।"

[33]

समीर शफ़ी के घर पहुँच गया। शारदा वहीं हॉल में बैठी थी और शफ़ी दूसरे कमरे में नमाज़ पढ़ रहा था।

"सॉरी, शारदा, देर हो गई आते।"
"श...श...ज़रा आहिस्ता...वो नमाज़ पढ़ रहे हैं। आओ, बैठो।"

समीर पास ही के सोफ़े पे बैठ गया।

"ये बताओ, इतनी देर कहाँ कर दी?"
"मैं बाज़ार गया था, ये..."

शफ़ी नमाज़ के बाद कमरे में दाख़िल हुआ और अपनी पत्नी के सिर पे दुआ फूँकी।

"अच्छा...लो, आ गए ये...इनके सिर पे भी फूँकिए, इनको बहुत ज़रूरत है इसकी।"

शफ़ी पास ही खड़े होकर कहने लगा :

"कहिए हुजूर, उर्दू का ऐसा कौन-सा काम आन पड़ा इस मुंशी से?"

समीर ने अपनी जेब से एक बहुत पुराना काग़ज़ का टुकड़ा निकाला, जो आज उसे महल से मिला था। कभी रेवा ने इस काग़ज़ पर बाजरे की रोटी और गुड़ खिला दिया था। निकालकर शफ़ी को पढ़ने को दिया। शफ़ी ने काग़ज़ लिया और उसको ध्यान से देखा, जो रद्दी का एक टुकड़ा लग रहा था।

"ये...इस पर क्या लिखा है?"
"ये क्या चीज़ है?"
"बैठ, मैं बताता हूँ।"

शारदा खड़ी हो गई। किचन की तरफ़ चली गई।

"बैठो तुम लोग, अपने दिल की भड़ास निकालो। मैं खाना तैयार करती हूँ।"

समीर को देखता हुआ शफ़ी बैठ गया और कहा :

"हूँ...क्या है ये?"
"देख...ये वो काग़ज़ है जिस पर मुझे बाजरी खिलाई गई थी। याद है?"
"हूँ...बाजरी...देखिए सरकार, मैंने जितनी भी रद्दी काग़ज़ पर चाट खाई है न...वो सब-के-सब फ़ाइल में लगा रखे हैं।"

“ये...ये...”

“आप चाहें तो ‘एनसाक्लोपीडिया’ बना लीजिए उनका।”

“ये कोई रद्दी काग़ज़ नहीं है...चालीस साल पुराना है!”

“महल भरा पड़ा हुआ है–चालीस साल पुराने काग़ज़ों से...मेरे दफ़्तर आओ, साठ साल पुराने काग़ज़ मिलेंगे...ले जाना, चाहे तो उनमें चाट बेचना...चाहे मूँगफलियाँ बेचना।”

ये सब सुनकर समीर ने कहा :

“रहने दे, मुझे दे।”

“आँ...आँ...पढ़ता हूँ, पढ़ता हूँ, ‘निकलने की राह निकालो, कोठरी नम्बर चौदह’।”

“यही लिखा है?”

“मतलब क्या हुआ इसका–अईं...कोठरी नम्बर चौदह?”

[34]

फ़्लैश बैक–

रेवा जेल की कोठरी में बन्द थी। बरसात का मौसम था, ज़ोरों से बिजली चमकी और बादल गरजे। रेवा डर के दीवार से जा लगी। दस-बारह साल की रेवा...अब बड़ी हो गई थी, जवान हो चुकी थी।

“बाबा...”

बग़ल की कोठरी में मेराज अली बन्द था। बादल का गरजना सुनकर एक राग छेड़ा

और आलाप लेने लगा। ये सुनकर रेवा चुपचाप डरी-सी जेल की कोठरी के दरवाज़े पे आ गई।

मेराज अली...रेवा को डरी देखकर कोठरी के दरवाज़े पे आ गए, जो रेवा के बग़ल की कोठरी में बन्द थे। कोठरी के दरवाज़े पे चौदह नम्बर लिखा हुआ था। मेराज अली बोला :

"रेवा...क्या हुआ बेटी? रेवा, रेवा, क्या हुआ बेटी?"

रेवा भी अपनी कोठरी के दरवाज़े पे आ गई थी।

"दीदी की बहुत याद आती है बाबा...बहुत याद आती है...दीदी अकेली होगी न?"

"अकेली क्यों? तेरे बाबा जो होंगे उनके साथ!"

"नहीं...बाबा वापस नहीं पहुँचे...मेरा मन कहता है, वो नहीं रहे।...दीदी अकेली हो गई।...दीदी मेरा इन्तज़ार कर रही होगी।...मुझे दीदी के पास जाना है बाबा...मुझे दीदी के पास जाना है बाबा!"

ये कहते हुए रेवा ने अपना हाथ निकालकर दूसरी कोठरी की तरफ़ किया जिसमें मेराज अली बन्द थे। उन्होंने भी अपना हाथ निकाला और रेवा की कोठरी की तरफ़ बढ़ाया। दोनों एक-दूसरे को देख नहीं सकते थे। बीच में दीवार थी। दरवाज़े पास-पास थे। दोनों ने एक-दूसरे के हाथों को छुआ, पकड़ा और महसूस किया।

''चलेंगे...चलेंगे बेटी, हम दोनों जाएँगे।...तारा जब तेरा गाना सुनेगी...''

हाथों को छूने के बाद महसूस किया।

''कितने छोटे-छोटे थे तेरे हाथ, जब रियाज़ शुरू किया था! और अब...बड़े हो गए हैं।''

रेवा बड़ी हसरत से बोली :

''आपको देखने को बहुत दिल करता है बाबा!''

''मुझे मेरी आवाज़ से देखो बेटी! जैसे मैं देखता हूँ...गाओ...गाओ न...''

रेवा ने आलाप छेड़ा। अपने मन की कैफ़ियत बताने लगी। उसको अपनी बड़ी दीदी तारा की याद आ गई। गुज़रे दिन याद आने लगे। वो आँगन में खड़ी थी, बारिश हो रही थी। झूले पे रेवा बैठी थी। और पीछे तारा खड़ी थी। खुश थीं दोनों बहनें।

रेवा याद करते हुए जेल की कोठरी में गा रही थी। आलाप मेराज अली दे रहे थे।

सुनियो जी अर्ज महाऱ्यो
बाबुला हमार
सावन आयो घर लइ जइहयो
बाबुला हमार
भीगे-भीगे आँगन की याद जो आवे
रूखी-रूखी अँखियों में रेती उड़ावे
सूनी-सूनी मोरी अँखियाँ
भेजियो फुहार

बिसरा दिच है काहे
विदेश भिजाय के
हमका बुलाय ले बाबुला
डोलिया लिवाय के
लीजियो जी
डोली उठाए चारों कुहार

रेवा गाते-गाते चुप हो गई। सामने खड़ा प्रमसिंघ रेवा की सुन्दरता को देख रहा था। उसे आज ही के दिन का इन्तज़ार था।

[35]

सुबह का वक़्त था। मेराज अली अपनी कोठरी में बैठा-बैठा सो रहा था। क़ैदख़ाने का बड़ा दरवाज़ा खुला। एक औरत और दो आदमी कुछ सामान लिये आए और रेवा की कोठरी का ताला खोला...और सारे सामान अन्दर रख दिये। रेवा ये सब देखकर डर गई। और उसके हाथों से थाली गिरी, जिससे उसकी पैर की उँगली कट गई। उसको डर लगने लगा, कहीं उसको ये लोग मार तो न डालेंगे, सामान में एक बड़ा डोल था जिसमें पानी रखा जाता था। कुछ कपड़े थे। उन लोगों ने फिर ताला लगाया कोठरी में और चले गए।

घबराई हुई रेवा मेराज अली को बुलाने लगी दरवाज़े से, जो सलाख़ों से बना था। अपना हाथ कोठरी के बाहर निकालकर मेराज अली की कोठरी की तरफ़ बढ़ा दिया।

''बाबा...बाबा...बाबा!''

मेराज अली जल्दी से उठकर दरवाज़े के पास आए और अपना हाथ निकालकर रेवा के हाथ को छुआ। वे दोनों एक-दूसरे को देख नहीं सकते थे। सिर्फ़ हाथों को छूकर महसूस कर लिया करते थे। मेराज अली ने पूछा :

''क्या बात है बेटी?''

''बाबा, एक औरत आई थी...रोज़ आती है, वो नहीं, दूसरी और साथ में आदमी भी थे। एक बड़ा-सा डोल और बालटियाँ छोड़ गए हैं। ये क्या हो रहा है बाबा?''

''कुछ...कुछ कहा उन्होंने? कुछ कहा...क्या कहने आए थे?''

''अब मुझे...मुझे मार डालेंगे क्या?''

''नहीं, नहीं, बेटी! अल्लाह बड़ा कारसाज़ है। वो मेरी मदद करेगा। मेहरू को अगर मेरा ख़त मिल गया, तो वो ज़रूर लेने आएगा। कुरआन का वास्ता दिया है मैंने उसे।''

''मुझे लगता है...मुझे ले जाएँगे यहाँ से...''

रेवा कुछ और कहना चाह रही थी कि क़ैदख़ाने का बड़ा फाटक खुला। फिर तीन-चार लोग अन्दर आए। वही औरत जो पहले आई थी, और दो मश्क वाले पानी भरकर ला रहे थे। एक आदमी के हाथों में कुछ कपड़े थे।

एक मश्क वाला जान-बूझकर मेराज अली की कोठरी के सामने गिर पड़ा। मेराज

अली ने उसे पहचान लिया। दूसरे लोग रेवा की कोठरी में चले गए। मेराज अली ने पूछा :

''क़ाबुल ख़ान, मेहरू के ख़त का क्या हुआ?''
''पहुँच गया...आज रात, प्रमसिंघ ने लड़की को महल में बुलाया है।''
''ख़ान...ख़ान मेरी इज़्ज़त रख ले! रेवा को महल में जाने से बचा ले! मेहरू को कुरआन की क़सम दी है मैंने। रेवा की बहन रेगिस्तान पार उसकी राह देखती होगी ख़ान!''
''उस्ताद जी, मेहरू आज...''

कुछ और कहता कि वो औरत आ गई जो रेवा की कोठरी में गई थी सामान लेकर। क़ाबुल ख़ान से पूछा :

''क्या हुआ?''

डरते हुए ख़ान ने बताया :

''मश्क का तस्मा खुल गया, बीबीजी! पानी बह गया।''
''कैसे खुल गया?''
''टूट गया...दूसरे फेरे में डोल पूरा कर दूँगा।''
''जल्दी कर...''

वो औरत चल दी। क़ाबिल ख़ान ने उधर देखा और मेराज अली को धीरे से बताया :

''देग जब वापस जाएगी, तो लड़की बाहर निकल जाएगी उस्ताद जी!''
''रेवा?''

“हूँ...उस्ताद जी, ऊँटनी लेकर मेहरू इन्तज़ार कर रहा होगा। सूरज ढलने से पहले रेगिस्तान में होगा। अच्छा, उस्ताद जी...मैं एक बार और आऊँगा...आपको लेने। ख़ुदा हाफ़िज़!”

जैसे ही क़ाबुल ख़ान चला, वैसे ही बड़ा-सा देग दो आदमी उठाए बाहर की तरफ़ जा रहे थे। लाल रंग का दुपट्टा जो बाहर लटक रहा था, उसे रेवा ने अन्दर खींच लिया।

मेराज अली सब कुछ देख रहे थे। देग क़ैदख़ाने से बाहर निकल गई। मेराज अली वहीं हाथों को उठाए, ख़ुदा का शुक्र अदा करने के लिए दो ज़ानों बैठ गए, और मुँह से कलमा निकला :

“ला...इलाहा...इलल्लाह मोहम्मदुर रसूल...रसूल अल्लाह।”

उनकी आँखें आँसुओं से भर गईं। वो सजदे में गिर गए। वही दो लोग देग को महल के बाहर ले जा रहे थे। ख़ुफ़िया रास्ते से।

[36]

रात का वक़्त था। मेराज अली ज़ख़्मी हालत में अपनी कोठरी में पड़ा हुआ था। लगता था, उन्हें दिन-भर बुरी तरह पीटा गया है। प्रमसिंघ गुस्से में भरा उसकी कोठरी के सामने आकर खड़ा हुआ और ज़ोर से बन्द दरवाज़े को लात मारकर खोला।

मेराज अली अधमरा-सा ज़मीन पर पड़ा हुआ था। उसके क़रीब आकर लातों से उसे जगाते हुए कहा प्रमसिंघ ने :

"मेराज अली...आठ साल पहले भी तुमने यही किया था मेरे साथ...और इस बार फिर।"

गर्दन से पकड़कर प्रमसिंघ उसे बग़ल वाली कोठरी में लाया, जिसमें रेवा रहती थी। वहीं कोठरी में क़ब्र खुदी हुई थी। मेराज अली को धक्का देते हुए कहा प्रमसिंघ ने :

"मेराज अली...अपनी क़ब्र नज़र आती है तुझे?...कहाँ भेजा, उस लड़की को? कहाँ छुपाया उसे? उसे कहीं उस पार भेज दिया तो..."

मेराज अली ख़ामोश पड़ा हुआ था क़ब्र के पास, जो अभी ताज़ी-ताज़ी खुदी थी।

"तू समझता है, वो रेगिस्तान पार कर सकेगी? मेरे आदमी उसे ज़िन्दा नहीं छोड़ेंगे...बोल, मैं तुझे आख़िरी मौक़ा देता हूँ–कहाँ है वो? नहीं तो तुझे इस क़ब्र में ऐसे दफ़नाऊँगा कि सदियों तक किसी को पता नहीं चलेगा कि तुझे कहाँ दफ़नाया है!"

मेराज अली मुश्किल से कह पाए :

"अल्लाह...अल्लाह बड़ा कारसाज़ है प्रमसिंघ... मेहरू..."

[37]

रेगिस्तान में मेहरू ऊँट पर बैठा था। उसके पीछे रेवा बैठी थी। तेज़ी से चले जा रहे थे। बहुत तेज़ हवा चल रही थी। एक जगह ऊँट आकर बैठ गया। दोनों पैदल ही भागने लगे रेगिस्तान में। कुछ दूर अभी गए थे कि राजा के सिपाही आ पहुँचे। मेहरू और रेवा का साथ छूट गया। एक तरफ़ रेवा भागी और दूसरी तरफ़ मेहरू को सिपाहियों ने पकड़ लिया। थकी-हारी रेवा भाग रही थी, और एक बहुत ऊँचे टीले पर पहुँचकर गिर पड़ी और लुढ़कती हुई तेज़ी से नीचे पहुँच गई। वहीं रेगिस्तान में बेहोश हो गई। धीरे-धीरे रेत ने उसे अपने भीतर छुपा लिया। कुछ नज़र जो आ रहा था–बस, उसकी चुनरी थी। वो पूरी तरह रेत में दब गई। तेज़ चलती आँधी ने मक़बरे की तरह एक टीला उसके ऊपर खड़ा कर दिया।

[38]

शारदा समीर के घर पहुँची, जहाँ सर्किट हाउस में वो रहता था। समीर दो दिन से ग़ायब था। उसकी चीज़ें वो खोल-खोलकर देख रही थी। पर उसे कुछ मिला नहीं जिससे उसे सुराग़ मिले कि समीर कहाँ गया।

[39]

पम्मी अपने घर से फ़ोन पर बात कर रही थी शारदा से।

''हैलो...हैलो...समीर कैसा है?''

''मैं तो उसी के लिए फ़ोन कर रही थी। वो तुम्हारे पास नहीं आया? पता नहीं, दो दिन से कहाँ ग़ायब है! न महल में है, न सर्किट हाउस पर।''

[40]

शफ़ी डी.एस.पी. पे नाराज़ हो रहा था :

''मैंने आपसे कहा था न...मुझे एक ख़ुफ़िया तौर पे चाहिए उसके पीछे, उसकी हिफ़ाज़त के लिए।''

''पर कलेक्टर साहब, चौबीस घंटे कैसे कोई आदमी उनके पीछे लगा रह सकता है?''

''इज़ दैट माय प्रॉब्लम!''

पास खड़े महल के चौकीदार लोचन ने कहा :

''हुकुम!''

''हाँ!''

''एक बार उन्होंने क़िले की जेल देखने की बात की थी।''

''जेल...?''

अचानक उसे कुछ याद आया :

''हाँ...क्या था वो...चौदह नम्बर कोठरी की बात कर रहा था वो।''

[41]

जहाँ क़ैदी बन्द किए जाते थे, महल के तहख़ाने में, उस जगह छानबीन करने के लिये शफ़ी, पुलिस ऑफ़िसर और लोचन पहुँचे। एक लोहे का दरवाज़ा जो बरसों से बन्द था, जिसे वेल्डिंग टॉर्च से काटा गया, ताकि बन्द दरवाज़ा खुल सके। आख़िर दरवाज़ा खुल गया और सब लोग अन्दर पहुँचे। अन्दर बहुत धूल और गन्दगी थी। ऐसा लगता था, बरसों से हवा भी नहीं गुज़री।

''उफ़्फ़...धूल ही धूल कमबख़्त!''

शफ़ी ने मुँह पर रूमाल रख लिया। बहुत सारी चीज़ें बिखरी हुई थीं। लोचन ने शफ़ी से कहा :

''सँभालकर हुकुम।''

''लगता है, ये जगह सदियों से खोली नहीं गई!''

लोचन दीवार पर जुड़ा कुछ साफ़ करने लगा। वहाँ चौदह नम्बर का हर्फ़ लिखा हुआ था। शफ़ी बग़ल की कोठरी को देख रहा था जिसमें एक सारंगी पड़ी हुई थी टूटी-फूटी-सी। गर्द से भरी एक लालटेन दीवार पे टँगी हुई थी। चूहे इधर-उधर घूम रहे थे। अचानक शफ़ी की नज़र इनसानी टाँगों पर पड़ी। और वो तेज़ी से कोठरी का दरवाज़ा खोलता हुआ अन्दर पहुँचा। अन्दर देखा कि समीर ज़मीन पर बेहोश पड़ा था। उसको देखकर शफ़ी ने ज़ोर से लोचन को आवाज़ दी :

"लोचन...लोचन..."

समीर के माथे को छूकर देखा। उसका सिर गोद में लेकर, साँस महसूस करके बोला :

"अल्लाह रहम...समीर...समीर!"

लोचन आ गया था अन्दर। फिर से समीर को छूकर कहा :

"शुक्र है, ज़िन्दा है...बुख़ार बहुत तेज़ है।"

लोचन ने पूछा :

"लेकिन...यहाँ अन्दर कैसे आए? किधर से आए?"

शफ़ी कुछ नहीं बोला। बस, इतना कहा :

"आओ...यहाँ, उठाओ इसे।"

लोचन उठाने लगा।

"सँभालकर।"

[42]

शफ़ी के घर में बिस्तर पर समीर पड़ा हुआ था। उसकी आँखें बन्द थीं। तेज़ बुख़ार की वजह से उसके सिर पे पट्टियाँ रखी थीं। और समीर के पैरों पे शफ़ी पट्टी बाँध रहा था। शायद ज़ख़्मी हो गया था।

[43]

दूसरे दिन भी समीर उसी बिस्तर पर था। दाढ़ी बढ़ चुकी थी। शफ़ी पास आया।

"मे आई कम इन...हाय!"

समीर ने आँखें खोलीं। शफ़ी उसके बिस्तर पर जा बैठा।

"क्यों भाई, तबीयत कैसी है?"

समीर कुछ नहीं बोला, बस, ज़रा-सा मुस्करा दिया।

"मेरा और शारदा का चेहरा देख-देखकर बोर हो गए हो न...कोई नया चेहरा देखना पसन्द करोगे?"
"कौन है?"
"एक मिनट!"

शफ़ी ने आवाज़ दी पम्मी को। पम्मी के साथ शारदा और एक अजनबी भी दाख़िल हुए।

"हैलो..."
"हाय..."

समीर उठने लगा। पम्मी ने उसे फूलों का गुलदस्ता दिया और कहा :

"तुम लेटे रहो।"

फूल शफ़ी ने ले लिया जो पम्मी समीर के लिए लाई थी।

"लाइए...ये दे दीजिए मुझे।"

फिर समीर से उस अजनबी को मिलाया जो पम्मी के साथ आया था।

"समीर...दिस इज़ डॉक्टर भटनागर!"

डॉक्टर समीर के बिस्तर पर बैठ गया। पम्मी ने बताया :

''दिस इज़ डॉ. समीर नियोगी!''
''हैलो...क्या हुआ है समीर?''

शफ़ी बीच में बोला :

''डॉ. साहब, बुख़ार था इन्हें...बहुत तेज़ 104^0 डिग्री।''
''ओ...हो!''
''और बेहोश हो गए थे। क़रीब दो रोज़ तक बेहोश रहे।''
''किसका इलाज चल रहा है?''

शफ़ी ने अपनी पत्नी शारदा की तरफ़ इशारा किया।

''हमारी मसीहा तो यही हैं यहाँ। नीम-हकीम सही, पर इलाज काम आ गया!''

शारदा, जो पास ही खड़ी थी, बोली :

''पहले ख़याल था, इन्हें जयपुर ले चलें। बेहोशी की हालत में नहीं जाना चाहा। होश आया तो ये ज़िद करने लगे—नहीं जाना।''

आगे पम्मी बोली :

''मैंने फ़ोन किया तो पता चला। इसलिए मैं आपको लेकर चली आई।''

डॉक्टर से शारदा ने कहा :

''पम्मी ने सब बताया तो होगा?''
''हाँ...बताया तो सही...''

डॉक्टर ने समीर को देखकर पूछा :

''कुछ हैलोनीशन आते हैं, कुछ इमेज़ेस दिखाई देती है आपको। हक़ीक़त में ये सब ब्रेनफ़ेवर में होता है...असल में आपको दिखाई क्या देता है?''

समीर को चुप देखकर पम्मी ने कहा :

''कम ऑन समीर, आई एम श्योर तुम इन सब बातों पर यक़ीन नहीं करते।''

''किन बातों पर?''

''यही...आत्मा...किया क्या सब?''

डॉक्टर ने पूछा समीर से :

''कहने का मतलब ये है कि आप...मिले हैं किसी आत्मा से? आप पढ़े-लिखे हैं और आप जानते हैं, किसे 'अन-साइंस्टीफ़िक' बातें हैं।''

''अन-साइंस्टीफ़िक क्या है डॉक्टर''

''यही कि शरीर एक सिस्टम है। एक बायोलो-जिकल फ़ैक्ट है...और अगर ये शरीर ख़त्म हो जाए तो कुछ नहीं बचता...नथिंग!''

''आँख बच जाती है न! मरती नहीं!''

''हाँ!...साइंस इस बात को मानती है।''

''शायद कल ये मालूम हो, लिवर और किडनी भी बच जाते हैं।''

''हूँ...हो सकता है।''

''फिर आत्मा क्यों नहीं बच सकती?''

''क्योंकि इसका कोई सबूत नहीं है।''

''लेकिन जिसे मैं देख चुका हूँ...मिल चुका हूँ, बातें की हैं, जिसकी आवाज़ मैं छू चुका हूँ। चेहरा पहचान सकता हूँ। कैसे मान लूँ कि वो

है ही नहीं? जो कहानी उसने बताई, वो मेरी मनगढ़न्त तो नहीं?''

शफ़ी बीच में बोला :

''पर समीर, ये तारा और रेवा की कहानी तो हर कोई जानता है। इस इलाक़े में...मैं भी तुम्हें बता सकता हूँ।''

''तुमने मुझे बताई तो नहीं!''

''नहीं...''

''और ये यक़ीन कर सकते हो कि मैंने किसी और से नहीं सुनी।''

''हाँ!''

''तो फिर ये मुझ तक पहुँची कैसे...मैंने उसी के मुँह से सुनी है, जिसकी ये कहानी है। क्या ये उसके होने का सबूत नहीं है? शारदा, तुमने मुझे एक तावीज़ दिया था। दिया था न?''

''हाँ...''

''वो अब मेरे पास नहीं है।''

''मैं पूछने ही वाली थी, वो कहाँ है।''

''वो उसने अपने गले में पहन रखा है। मैंने पहनाया है उसे...वो कोई साया, कोई आत्मा होती तो...वो गिर पड़ता। और तुम यक़ीन नहीं करोगी कि उसने क्यों पहना? उसे...सायों से डर लगता है।''

ये कहते-कहते समीर ख़ामोश हो गया। और उसके ख़यालों में रेवा घूम गई, जब वो उसे पहली बार मिली थी।

[44]

ट्रेन कम्पार्टमेंट की खिड़की पे खड़ी रेवा एकटक समीर को देख रही थी। ये पहली मुलाक़ात थी रेवा से। दुबारा उसे महल के बरामदे में बाजरी बनाते हुए देखा।

जब वहाँ पहुँचा, तो कोई निशान नहीं था। सारी यादें रेवा की फ़िल्म की तरह समीर के मन में उभरने लगीं। और वो गुनगुना उठा :

सुरमई शाम इस तरह आए
साँस लेते हैं जिस तरह साये
कोई आहट नहीं बढ़ने की कहीं
फिर भी लगता है तू यहीं है कहीं
वक़्त जाता सुनाई देता है
तेरा साया दिखाई देता है
जैसे ख़ुशबू नज़र से छू जाए।

गीत गुनगुनाते हुए कई बार समीर को रेवा के साथ बिताए पल याद आए। जैसे रेवा उसकी रगों में बस गई हो!

दिन का जो भी पहर गुज़रता है
कोई एहसान उतरता है
वक़्त के पाँव देखता हूँ मैं
रोज़ ये छाँव देखता हूँ मैं
आए जैसे कोई ख़याल आए।

[45]

शाम का वक़्त था। समीर सर्किट हाउस के बरामदे में चहलक़दमी कर रहा था। तभी शफ़ी अपनी जीप से वहाँ आ पहुँचा। समीर शफ़ी को देखकर उसके पास पहुँचा।

"माने नहीं तुम...घर से भाग के चले आए!"

समीर को सिर्फ़ शर्ट में देखकर कहा :

"पहन लो कुछ, सर्दी है!"

पास पड़ी शॉल उठाकर समीर ने ओढ़ ली।

"तुम्हारे लिए, एक ख़बर लाया हूँ। पता नहीं, अच्छी है या बुरी है...कोठी नम्बर चौदह में एक क़ब्र मिली है।"

"कुछ मिला उसमें?"

"हाँ, एक पिंजर! स्केलेटन!"

"मेराज अली का?"

"पता नहीं!"

[46]

समीर पहुँच गया महल के उस हिस्से में, जहाँ मेराज अली और रेवा बन्द थे। वहाँ एक क़ब्र थी, खोदा गया था, और एक पिंजर मिला, जिसे समीर देख रहा था। पास ही शफ़ी खड़ा था। समीर उस पिंजर के सिर को लेकर, और उस जबड़े को देखने लगा। जबड़े में जो दाँत थे, उनमें से एक सोने का था जिसे देखकर समीर ने ताज्जुब से कहा :

"ओह नो...ये...ये प्रमसिंघ!"

शफ़ी के माथे पर बल आए।

"क्या...? तुम्हें कैसे मालूम?"

"ये सोने के दाँत हैं। प्रमसिंघ के दो दाँत सोने के थे। नीचे के। मैंने देखा है।"

शफ़ी ने मुस्कराकर कहा :

"तुमने प्रमसिंघ को देखा है?...उसके दो दाँत नीचे के...सोने के थे?"

"उसकी तस्वीर भी है। नारायण के पास...तुम्हें बताया तो था!"

[47]

रात का वक़्त। महल के अन्दर वही बहुत बड़ी पेंटिंग प्रमसिंघ की टँगी थी, जिसे देखकर समीर ने कहा :

"तो फिर मेराज अली का क्या हुआ प्रमसिंघ? तुम्हें किसने दफ़नाया वहाँ? रेवा ने...रेवा..."

बाहर ज़ोरों से बारिश हो रही थी। बिजली चमक रही थी। एक डरावना माहौल पैदा हो रहा था।

[48]

बारिश हो रही थी ज़ोरों से। शफ़ी घर के बरामदे में खड़ा, गुस्से से अपनी पत्नी शारदा को कह रहा था :

''अल्लाह ही बेहतर जानता है कि कैसे उसको उठाकर लाया था, मैं!...फिर ग़ायब हो गया है। याद है, पिछली बार कैसे मिला था?''

शारदा ख़ामोश खड़ी सब सुन रही थी।

''किस तरह हमने उस दरवाज़े को काटकर खोला, और महल में जानेवाली सीढ़ियाँ भी बन्द थीं। दरवाज़े सील थे। छोटे-छोटे दो रौशनदान, लोहे की सलाख़ें ज़ंग आलूद, वैसे के वैसे बन्द... और ये हज़रत हाथों-पैरों में ख़राशें लिये, ऐसे पड़े हुए थे। मैं कैसे मान लूँ कि...अगर हवा बन के अन्दर गए थे, तो हवा बनकर बाहर क्यों नहीं आ गए?''

''इतना गुस्सा करके क्या फ़ायदा...वो इस घर में नहीं रहना चाहते, तो हम क्या करें?''

''वो नहीं रहना चाहता, तो जाए जहन्नुम में! जाए भाड़ में! जाए, दफ़ा हो जाए यहाँ से! पर मेरी जान क्यों अटका के रखी है उसने? सर्किट हाउस में है नहीं। महल बन्द हो चुका है। मैं...मैं कहाँ ढूँढ़ूँ कमबख़्त को, कहाँ ढूँढ़ूँ?''

[49]

रात के वक़्त बारिश हो रही थी। समीर अपनी जीप चला जा रहा था। कुछ दूर जाने के बाद... समीर को रेवा नज़र आई। समीर जीप की काँच साफ़ करने लगा।

बारिश की वजह से धुँधलका-सा हो जाया करता था। रेवा फिर उसको नज़र आई। एक जगह जीप आकर खड़ी हो गई। समीर

बाहर निकलकर, भीगता हुआ सड़क पर खड़ा हो गया। ज़ोरों से चिल्लाया रेवा का नाम लेकर :

"रेवा...रेवा!"

उसी वक़्त एक पेड़, तने से टूटकर, उसकी जीप के पास गिरा। समीर डरकर हट गया। दूर से एक और जीप आती हुई नज़र आई। और इससे कुछ दूर खड़ी हो गई। जीप से शफ़ी निकला, भीगता हुआ समीर की तरफ़ आया और घूरकर देखने लगा। समीर भी ख़ामोश उसकी तरफ़ देखने लगा। दोनों चुपचाप बस एक-दूसरे को देखते रहे।

[50]

महल के बाहर लॉन में सिपाही, नौकर-चाकर—सभी खड़े थे। समीर पास ही एक पेड़ की छाँव में खड़ा था और शफ़ी गुस्से में कह रहा था :

"बस...आउट, आउट...मैंने कह दिया न। एक पल भी, काम नहीं चलेगा महल पर...सारी खिड़कियाँ-दरवाज़ों को ताला लगा दो, और सील कर दो, बन्द कर दो, ये महल..."

समीर के पास जाकर उससे कहा :

"ऐज़ फ़ॉर यू मिस्टर समीर...आज शाम की गाड़ी से आप वापस जाएँगे। समझे आप? सर्किट हाउस में अब आपके लिए कोई जगह नहीं। मैं आपको अपने इलाक़े में नहीं देखना चाहता।

आपका कोई हुकुम, कोई भी मर्ज़ी अब इस इलाक़े में नहीं चलेगी...और अगर आपने ज़िद करने की कोशिश की...पुलिस को ऑर्डर दे दिया है। वो आपको पकड़कर हवालात में बन्द कर देंगे, समझे आप?''

समीर ख़ामोश खड़ा सिर झुकाए सुनता रहा।

[51]

दूसरे दिन सुबह-सुबह रेलवे स्टेशन पर गाड़ी खड़ी थी, और प्लेटफ़ॉर्म पर शफ़ी और उसकी पत्नी शारदा खड़े थे। समीर उनके पास से गुज़रकर अपने डिब्बे की तरफ़ गया। समीर ट्रेन में बैठ गया, और दूसरे पल ट्रेन चल दी।

[52]

ट्रेन चली जा रही थी। रात हो गई। ट्रेन एक स्टेशन पर रुकी। समीर डिब्बे के दरवाज़े पे खड़ा, बाहर प्लेटफ़ॉर्म को देख रहा था। जब उसने स्टेशन का नाम पढ़ा, ये तो 'पुनिया' स्टेशन है, जहाँ पर पहली बार उसे रेवा मिली थी, तो कुछ सोचकर समीर वहीं उतर गया–अपना सामान लेकर।

[53]

रेवा ने समीर को बताया था, एक बार वो यहाँ बैठी मेहरू की राह देख रही थी।

''मेहरू की बाट देख रही हूँ।''
''कहाँ गया है वो?''
''पुनिया!''
''पुनिया...मेहरू...''

[54]

सुबह के वक़्त ख़्वानचे पे लगी चाय की दुकान, दुकानदार समीर को बता रहा था—मेहरू नाम के कितने लोग इस गाँव में रहते हैं।

''देखो साहब जी...एक तो हैं बड़े मेहरचंद जी! दवाइयों की दुकान है उनकी। लोग उन्हें मेहरू चाचा कहते हैं।''

दुकानदार साथ-साथ अपने ग्राहक भी निपटाता जा रहा था।

''हो गया न...जा।''

वो ग्राहक चला तो दुकानदार फिर समीर की तरफ़ मुड़ा।

''और एक मेहरू हैं मेहरू सम्भा।''
''सम्भा?''
''यही मश्की, जो पानी-वानी भरते हैं न, वो। उसका नाम है मेहर अली...और एक...''

फ़ौरन ही कुछ सोचकर बोला :

''ओये नूरे...ये जो गया है न, जिसको अभी मैंने पैसे दिये, इसके बाप का नाम भी मेहरू था न? बेचारा पागल-वागल होकर मर गया कहीं।''

[55]

समीर उस लड़के के पास पहुँचा, जिसके बारे में दुकानदार ने अभी बताया था कि उसका बाप कैसे मर गया। वो लड़का लकड़ियाँ काट रहा था जलाने के लिए और बता रहा था :

''कोई गाने वाली थी। अब्बा ने महल से भगाकर पार पहुँचाया था। उस्ताद जी ने कुरआन की क़सम जो दे रखी थी। बस, उसी में पकड़े गए। राजा ने बहुत मारा...मार के अधमरा करके घर के पीछे लाकर फेंक दिया। उसी रात माँ अब्बा को लेकर...वहाँ से भाग निकली। माँ सुनाती थी, ये सब...''

''कुछ मालूम है तुम्हें, उस गाने वाली को पार कराया था या नहीं?''

''लोग कहते हैं, मर गई। पता नहीं, उसकी लाश तो मिली नहीं! शायद किसी रेत के टीले के नीचे दबी होगी! सब अल्लाह की मर्ज़ी है, जिसको जहाँ क़ब्र दे दे। अब देखिए न बाबूजी... मेरे अब्बा तो पागलख़ाने में ही दफ़नाए गए।''

''क्यों?''

''वो आए थे न...वो उस्ताद जी, जिनने क़सम दी थी, वही आके ले गए। कहने लगे, अब्बा का इलाज करवा देंगे। बस, एक साल बाद ख़बर मिली कि अब्बा की मौत हो गई।''

ये सुनकर समीर को हैरत हुई और कुछ-कुछ समझ में आने लगा।

"कौन आए थे? उस्ताद मेराज अली...वो आए थे?"

"हाँ-हाँ-हाँ, वही मेराज अली! अब्बा के रेगिस्तान में पकड़े जाने के बाद वो आए थे।"

"यानी क़ैद से निकल आए थे? उनका कोई पता-ठिकाना है तुम्हारे पास?"

"नहीं...हमारे पास तो कुछ भी नहीं है।"

"इसका मतलब, वो..."

[56]

रेगिस्तान में बसा एक गाँव था जिसकी पगडंडियों पे चलता हुआ समीर एक घर के सामने आकर खड़ा हुआ। एक लड़की घर के अन्दर से आई। उससे समीर ने पूछा :

"सुनिए...उस्ताद मेराज अली यहाँ रहते हैं?"

लड़की ने एक बार समीर को देखा। थोड़ा उसके क़रीब आई। समीर ने पूछा :

"रहते हैं?"

"जी हाँ! अन्दर आ जाइए।"

समीर दरवाज़े से आँगन में आ गया। लड़की ने फिर पूछा :

"कहिए, क्या काम है...उनसे?"

"वो...वो हैं?"

"जी..."

हैरत से समीर की आँखें फट गईं।

"क्या...मैं मिल सकता हूँ उनसे?"

लड़की ने वज़ाहत की।

"वो तो किसी को पहचान नहीं पाते, सुन भी नहीं पाते ठीक से। बहुत बूढ़े हो चुके हैं।"

"एक बार मिला दीजिए...मैं...।"

लड़की ने अपनी माँ को आवाज़ दी।

"ठहरिए..."

"माँ...बाबा से मिलने कोई आया है।"

तभी घर के अन्दर से तारा, जो रेवा की बड़ी बहन थी, बाहर आई। समीर उसको देखता ही रह गया, वही थी। तारा के बाल सफ़ेद हो गए थे। समीर के क़रीब आई और पूछा :

"कहिए...कहाँ से आए हैं आप?"

तारा समीर के सूखे चेहरे को देखती रही... समीर हकला-हकलाकर कहने लगा :

"मैं...मुझे...बाबा...उस्ताद जी से मिलना है।"

"कहिए, मैं उन्हीं की बेटी हूँ।"

"उनसे कहिए...मुझे...रेवा ने भेजा है।"

अब तारा को हैरत हुई।

"रेवा!"

पीछे से वही लड़की बोली :

"जी, माँ?"

"नहीं, तू नहीं..."

तारा ने समीर को बताया :

"मेरी बेटी का नाम भी रेवा है। आप किस रेवा की बात कर रहे हैं?"
"आप तारा हैं?"

अपना नाम सुनकर तारा को हैरत हुई।

"हाँ...रेवा?...आप मेरी बहन की बात कर रहे हैं?"
"हाँ!"

तारा ने दम लेकर कहा :

"उसे मरे तो चालीस...वो जीती है क्या?...वो ज़िन्दा है? कहाँ मिले आप उससे? हमने कितने साल उसके इन्तज़ार में काटे और बाबा...बाबा तो मानते ही नहीं, हम सबने कितनी बार कहा कि वो मर..."

ये कहते हुए तारा वहीं बैठ गई और पानी माँगा।

"रेवा, एक गिलास पानी..."

फिर फ़ौरन ही बोली :

"चलो न, बाबा से मिलो...वो बात नहीं कर सकते, लेकिन...आओ।"

तारा के साथ समीर एक कमरे में पहुँचा। चारपाई पे एक बूढ़ा आदमी बैठा था, जिसके बाल सन की तरह सफ़ेद हो चुके थे। कमर झुक गई थी। तारा ने बाबा के क़रीब पहुँचकर उन्हें आवाज़ दी :

"बाबा...!"

समीर बाबा के क़रीब बैठ गया, और उन्हें ध्यान से देखने लगा। मेराज अली ही थे।

आँखों से दिखाई नहीं देता था। समीर के बैठते ही पता नहीं कैसे बोल पड़े!

"मेहरू...तू आ गया, ले आया रेवा को बेटा... आने में बहुत देर कर दी मेहरू!"

समीर बाबा को पकड़ते हुए बोला :

"मैं मेहरू नहीं बाबा...समीर हूँ।"

पास खड़ी तारा बोली :

"कितनी मुद्दत बाद बाबा की आवाज़ सुनी है!"

बाबा के मुँह से फिर एक आवाज़ आई :

"ला...इलाहा...इलल्लाह मोहम्मदुर रसूल...रसूल अल्लाह।"

बाबा का सिर लुढ़क गया समीर के कन्धों पर। बाबा की मौत हो गई। जैसे बाबा इसी पल का इन्तज़ार कर रहे थे!

तारा की बेटी के हाथ से पानी से भरा गिलास गिर पड़ा ज़मीन पर। सभी रो पड़े...बाबा की मौत पर।

[57]

क़ब्रस्तान में एक ताज़ी क़ब्र बाबा मेराज अली की सामने थी। तारा वहीं पास बैठी थी। समीर भी खड़ा था। तारा ने समीर से पूछा :

"अब कहाँ जाओगे?"

"रेगिस्तान के उस पार तक...उस महल तक... शायद भटकती हुई कहीं रेवा मिल जाए–एक बार...बस, एक बार और मिल जाए, तो कहूँ रेवा से। शरीर से मुक्त होकर भी उस एक पल से मुक्त नहीं हुई। जो ज़िन्दगी और मौत के बीच में अटका हुआ है। जो मर चुका, वो पीछे रह गए और जो ज़िन्दा थे, वो आगे निकल गए। तुम्हारी दीदी अभी भी प्यार करती है तुम्हें, अपनी बच्ची की तरह याद करती है। बाबा भी आख़िरी लम्हों तक याद करते रहे तुम्हें, वो भी फ़ौत हो गए, मुक्त हो गए...निकल जाओ मौत के उस एक पल से, निकल जाओ रेवा, नहीं तो ये कहानी तुम बार-बार दोहराती रहोगी और बार-बार मरती रहोगी!"

[58]

रेगिस्तान में समीर ऊँट पर बैठकर रेगिस्तान को पार कर रहा था। गर्मी की वजह से समीर ने कपड़े उतार दिये। तूफ़ान चलने लगा। समीर ऊँट छोड़कर पैदल चलने लगा।

गिरता-पड़ता हुआ रेगिस्तान के उस पार निकल जाना चाहता था। उसे तलाश थी, रेवा की। एक टीले पर पहुँचकर समीर चलता-चलता गिर पड़ा और बेहोश हो गया। वहीं बेहोश पड़ा था। दूर से रेवा आती हुई नज़र आई। समीर के पास आकर बैठ गई। अपने घुटनों पर समीर

का सिर रखकर उसे होश में लाने की कोशिश करने लगी। धीरे-धीरे समीर ने अपनी आँखें खोलीं और रेवा को देखकर, उसे पहले छूकर महसूस किया। और फिर कहने लगा :

"रेवा...मैं जानता हूँ, समय की कौन-सी घड़ी में तुम रुकी हुई हो! चलो, मैं रेगिस्तान पार करा दूँ, तुम्हें। जाओ, निकल जाओ, उस घड़ी से मुक्त हो जाओ।"

समीर उठकर बैठ गया। तभी ज़ोरों से हवाएँ चलने लगीं। धूल उड़ने लगी। जैसे कोई तूफ़ान आने वाला हो! रेवा बोली :

"देखो...देखो, सुन लिया उसने, ये फिर रोकेगा मुझे। नहीं जाने देगा।"

"रेवा...तुम मौत से बचना चाहती हो और ज़िन्दगी से डर लगता है तुम्हें! इसलिए ज़िन्दगी और मौत के बीच चल रही हो। चलो, मेरे साथ चलो, मैं तुम्हें पार ले चलूँगा।"

समीर रेवा को सँभाले हुए रेगिस्तान के पार ले जा रहा था। तूफ़ान अपने ज़ोरों में था। आसमान धूल से भरा हुआ था। एक टीले पर आकर दोनों गिरे और लुढ़कते हुए नीचे पहुँच गए...आते-आते पता नहीं कैसे, धीरे-धीरे रेत में समा गए।

[59]

अस्पताल के कमरे में शफ़ी और शारदा बैठे थे। समीर ने आँखें खोलीं, तो उन

दोनों को देखा। उनकी आँखें आँसुओं से भरी हुई थीं। समीर का चेहरा धूप और गर्मी से जल चुका था। शफ़ी अपने मन की बात कहने लगा :

''फिर मरते-मरते बचे दोस्त...तुमको निकालकर मैंने बहुत बड़ी ग़लती की!''

शफ़ी बोलते-बोलते उसके क़रीब बैठ गया।

''और अब तुम मेरी एक बात कान खोलकर सुनो। अबकी बार तुमको मरना होगा न, मेरे सामने मरो, मेरे हाथों में मरो। क्यों करते हो ये सब मेरे साथ तुम?''

ये कहते-कहते शफ़ी का गला रूँध गया। तभी बग़ल के दरवाज़े से रेवा की बड़ी बहन तारा आई और समीर के पास रखी कुर्सी पर बैठ गई। समीर तारा को पहचानकर कहने लगा :

''दीदी...तारा दीदी...''

''भगवान का शुक्र है...तुम बच गए! तुम मिलते नहीं तो...''

''मैं कहाँ मिला आपको?''

''रेगिस्तान में...एक टीले के ऊपर बेहोश पड़े थे।''

समीर ने ताज्जुब से पूछा :

''मैं? एक टीले के ऊपर?...रेवा...वो भी तो थी मेरे साथ!''

''नहीं...रेवा तो मुझसे मिलने आई थी। तुम्हारी अमानत देने...तुम्हारी अमानत तुम तक पहुँचाने के लिए दे गई थी मुझे...ये तावीज़!''

तारा ने वो तावीज़ निकालकर समीर को दिया, जो उसने रेवा को दिया था। समीर ने तावीज़ देखा। शारदा और शफ़ी भी हैरत में आ गए। समीर ने कहा :

''वो...वो मुक्त हो गई न...रेवा! मुक्त हो गई न! शारदा, वो रेगिस्तान पार कर गई।''

तारा ने कहा :

''बाबा की क़ब्र पर मिली थी। मैं जहाँ चिराग़ जला रही थी, और...''

फ़्लैश बैक–

क़ब्रस्तान में तारा से मिलने रेवा आई, और वहीं उसने तावीज़ तारा को दिया। रेवा बूढ़ी हो गई थी। सिर के सारे बाल सफ़ेद हो गए थे। रेवा ने आवाज़ दी :

''दीदी...''

रेवा दीदी से मिलकर फिर कहीं हवा में ग़ायब हो गई।

[60]

अस्पताल में समीर पड़ा हुआ था, और तारा बता रही थी समीर को :

“रेवा...रेवा...वो कितनी जल्दी बूढ़ी हो गई न!”

“बूढ़ी?”

“मुझसे...मुझसे कितनी छोटी थी वो!”

“सचमुच समय की उस घड़ी से निकल गई रेवा।”

समीर के हाथ में वो तावीज़ था जो शारदा ने उसे दिया था।

लेकिन

निर्माता : लता मंगेशकर
संगीत : हृदयनाथ मंगेशकर
कैमरा : मनमोहन सिंघ
स्क्रीनप्ले, गीत
और डायरेक्शन : गुलज़ार

सितारे

समीर : विनोद खन्ना
रेवा : डिम्पल कपाड़िया
शफ़ी : अमजद ख़ान
शारदा : बीना
प्रमसिंघ : ब्रजेन्द्र घाटके
भैरो मामा : मनोहर सिंघ
डॉ. भटनागर : अजीत वाच्छानी
पम्मी : मुनमुन सेन
तारा : हेमा मालिनी

❂❂❂